U0134074

艺文观丛书

王安忆的浙大文学课

王安忆　著

浙江大学出版社
ZHEJIANG UNIVERSITY PRESS

图书在版编目（CIP）数据

王安忆的浙大文学课 / 王安忆著. -- 杭州：浙江
大学出版社，2024.4

ISBN 978-7-308-22038-5

Ⅰ.①王… Ⅱ.①王… Ⅲ.①世界文学—文学欣赏
Ⅳ.①I106

中国版本图书馆CIP数据核字（2021）第248181号

王安忆的浙大文学课

王安忆　著

策划编辑	殷　尧
责任编辑	王　晴
责任校对	丁佳雯
出版发行	浙江大学出版社
	（杭州天目山路148号　邮政编码：310007）
	（网址：http://www.zjupress.com）
排　　版	浙江大千时代文化传媒有限公司
印　　刷	浙江省邮电印刷股份有限公司
开　　本	880mm × 1230mm　1/32
印　　张	5.25
字　　数	120千
版 印 次	2024年4月第1版　2024年4月第1次印刷
书　　号	ISBN 978-7-308-22038-5
定　　价	68.00元

序：驻校紫金港

王安忆

　　二〇一九年秋，应浙江大学中文系驻校计划邀约，前往杭州。高铁下站，翟业军、陈力君二位教授来接，驱车往紫金港校区，一路大道通衢，未有半点山光水色。后来查看地图，发现市区无限扩容，浩渺的西湖陷在其中，仿佛补片，变得极小，不由感慨发展的迅猛。紫金港是浙大合并之后的用地，面积广阔，楼宇宏伟，尚有许多地方未开发，前途不可限量。和所有的新校区相像，规划设计呈现一崭齐的样式，循序渐进的历史沿革隐匿到了幕后。现代风格的建筑底下，涌动着学生的自行车队、运输物资的厢型车，还有工程车辆，就像二、三线城市的中心地带，好在，人和车不断向支路分流，那里有着湖泊和绿树，气氛便舒缓下来。三秋桂子十里荷花，雨中月下看湖的浪漫情调云散了，但不意间很快得到补偿。这一日，去往浙江大学艺术与考古博物馆，开馆日正是我到校的时间，赫赫的路标一字不落看进眼睛，以为识得方向，启程时候却迷糊了。经过一片水域，有天鹅和看天鹅的小孩，还有玩耍空竹的大人，草木扶疏中开着细小的长蕊的花朵，脚下遂成青石小径，不知道通往何处。正犹疑，迎面转出一个推车的男人，向他寻路，回答不是业内人，所以不清楚学校建构，擦肩过去又立定，问从哪里来，投亲还是访友，倘有亲友，就请他带去要去的地方。杭州人喜欢攀谈，有一回跑到西湖喝茶，邻桌的人怕我们吃亏，历数多种经济的搭配，然后又是"从哪里来"——同样的入径，去向则有不同，问在上海住哪个区，哪条马路？总之，言过几巡，生变成熟。回到紫金港，告别邂逅，听自行车轮在石路上"克朗克朗"响一阵，静下来，忽见路旁有石牌刻文，题头"南华园"三字，原本浙中民居特色村落遗存，为某人私产，二〇〇二年浙大迁移，聚土建校，属地政府买下赠送，保留几幢旧屋，再开辟庭院楼阁，作会议接待用，平时无人，虚席以待，茶水服务。自后，上课之余，几乎天天造访，凭栏依窗，看荷叶从青到绿，从绿到黑，莲子也枯瘦下来，异乡的人就该回家了。

　　接下聘任，即考虑课程设计。初步拟定一门，专述小说的构成。这题目可说自二十世纪八十年代写作以来，就萦绕不去，曾假设为小说的"物质部分"；或用排除法，"故事不是什么"；继而陈述式，"故事是什么"，将小说限定为"故事"，也花费不少笔墨。这一时期的文章——自许"文学评论"，多发表于中国作家协会上海分会创办、程德培主编的《文学角》。《文学角》是一份短命的刊物，但在新时期文学中，对当时的青年我们，起到推助，至今还在释放效应。文章集结，一九九一年在浙江文艺出版社由李庆西责编成书，题名《故事和讲故事》，是我首次以理论登场。和浙江杭州的关系，可上溯曾祖辈，母亲的籍贯向来填的是杭州，此时结下的则是文缘。书依序出版面世，事情并没有落定，反倒一发不可收拾。"物质部分"呈现出有限，不能尽全解释小说何以为小说，折回头再向"精神部分"取路。一九九四年，由复旦大学中文系陈思和教授安排，受聘客座，那一学期的课程集稿出版，书名即为《心灵世界》。这是我第一次走上课堂，而不是讲座，课堂和讲座的区别在于，前者为系列，后者仅一锤子买卖。作为系列，一方面有"量"的要求，"量"又来自"质"，就是讲题的内涵，有没有充裕的资源足够分配于每一课时；另方面却也可宽限时间，舒缓节奏，从容展开。我想，这次课程是极好的培训，在四十岁的年龄里，既年轻有力气，实践和阅读且又积累了认识。整理讲稿也是训练的项目之一，缜密思想逻辑的同时，保持口语表达的明快。

　　正式进入复旦大学中文系以后，上课逐渐常态化，不再吝惜思想，也疏于记录，往往是受约稿的催逼方才成文，总起来有两辑，每辑三篇：一是入职现当代时期，嵌进张新颖本科教程中的三堂，二是研究生"方法论"中的三堂，添上其他零星讲稿，汇合成《小说课堂》一书。自从二〇一〇年开设创意写作专业硕士学位，主讲小说写作实践，课堂模式为导修和讨论，通常叫做"Work-Shop"和"Seminar"，一切都在临场发生，很难完整成文。后来，到二〇一六年香港城市大学"中国研究中心"驻校，举办系列讲座，我专辟一章，描述了这个课程。香港城大总共为六讲，面向社会，听众就不止本校学生，因此设计比较广泛，并不拘于某个母题，相互之间也没有密切的关联。前二讲更接近写作生活的个人体验，接下来的三讲涉及叙事的形态，似乎又回去小说的"物质部分"，第六讲从《红楼梦魇》看张爱玲的人生观，且又脱跳到"心灵世界"。显然，小说的"物质"很难独立于"精神"而存在，不得不在其间盘互往返。这一回，浙大的课程，是从"物质"出发，最后还是在张爱玲一节上归宿"精神"。为什么总是张爱玲，总是有她，又总是被她引到沟里去，这是一个有趣的现象，值得专门分析。在我却是简单的，选择的文本里，她是惟一的中国现代作家。她和我最近，说起来是前辈，时间上其实有大部的交集，只是被空间割据了，放大了看，则有着共同的背景，是熟悉的陌生人。你无法保持客观，冷不防就滑了脚，落入感性，扑面而来"心灵世界"。小说这样的写实性的产物，器和道仿佛水乳交融，前者有后者的内囊，后者有前者的外相，如何分离它？挑战在这里，劳动在这里，劳而无功也在这里。最后一讲张爱玲，多少有些缓解之前持续的紧张度，刀刃上走了七讲，眼看收官之际，真感到疲累，不免放自己一马，抽身退步上岸，进到小说的本体论。

　　为应对预期的关隘，选定细读和分析的多是人们熟稔的经典，算是以易克难的策略吧。对照一九九四年复旦课程的书目：《巴黎圣母院》《复活》《约翰·克里斯朵夫》《百年孤独》，这一回的《傲慢与偏见》《贝姨》《安娜·卡列尼娜》《ABC谋杀案》，无论是题材的历史感、思想的哲学性、社会生活的宏伟度，还是解读的勇气，都收缩了尺寸，回归世俗，合乎大众的品味。创见的野心安静下来，趋于平常。《追忆逝水年华》和《坎特伯雷故事》，企图比较大，涉及起源，前一则是叙事活动的物理，后一则带有小说的经学的意思。对我而言，学识和经验都称得上冒险，事实上，讲座一开始，就翻了船。

　　《追忆逝水年华》，我只在第一卷第一部的八万字上手。全文二百万字，归纳统筹需要超级的工作量，我的立论且远不足以覆盖全局，单这八万字，都够我受的了。准备的过程就不怎么顺利，既要将叙事剥离时间载体，又要用叙事佐证载体的时间性质，他证和自证，两下里纠缠不清。后来，人文学院的楼含松院长为这堂混乱不堪的讲课总结："自己给自己挖了一个坑。"说得真是太形象了，我不断地掉下坑里，爬上来，再掉下去，直至彻底陷进去为止。其时，在案头上，还寄希望现场有不期而遇的契机，困境迎刃而解，我这人的运气向来不错。但倒运的一天终于来了，很不幸，事情比最坏的打算还要坏。浙大中文系在正式开课之前举行欢迎和受聘的仪式，因此第一讲就安排在五百人的礼堂。说实在，机灵的人一定会临时换个常识性的题目，谈谈个人经历、文学现状，总之，泛泛而论，类似读者见面会，而我极少参加读者见面会，性子又轴，要命的是，关于时间的题目如同魔咒，将我控住了。打开备课本，按原计划开头，几乎就在同时，讲课最糟糕的情况发生了，我忽然间失去讲述的欲望，了无兴致，只想着马上结束，匆匆略去过程，直接到达结论，借楼院长的"挖坑说"，我还没有挖下坑，直接跳了下去。浙大的课程便在这挫败中拉开帷幕。

　　第一讲结束，回上海过了中秋，再来浙大，就有点从头来过的意思。第二讲上，补充了前一讲，后半时间开头第三讲，拖进第四讲……如此头尾衔接，顺延至第五讲方才整顿课时，循序进行，计划也过去一半。这是一次颠三倒四的课程，回忆一九九四年第一次在复旦上讲台，不由佩服那时候的鲁勇，勿管逻辑错接，文不对题，材料匮缺，那么多的"水词"，那么多的来回重复，我又不善谐谑，缺乏急智，只能实打实地硬上，竟然毫不影响情绪，劲头不减，终于坚持到最后，按陈思和的话，"功德圆满"。现在却不行了，体力也许是个原因，职业性的消耗是个原因，但又不全是，似乎是，没有那么多的话要说，即便要说的话也不那么容易出口了。想的越多，说的反而越少，经验越多，也越生怯了。我不敢冲口出来一个结论，一个定律，而是需要更多的取证，更多的实例，等实例搜集到眼前，却又觉得无以对应，就要怀疑立论，结果是互相取消。有时候，在前辈或同行那里看到相仿的说法，一方面觉得安心，另方面则是失落，好像自己白忙了一番，现成的路上又走了一遍。接着慢慢想开了，殊途同归，但到底路径不同，经历不同，方法也有不同，增添了心得，至少对自己而言，有些许思辨的价值。总之，不再是当年"初生牛犊不怕虎"，以气势压人，而是谨小慎微，如履薄冰，如临深渊。每一课下来，心情多是遗憾和不满，遗漏了准备，丢弃要点，又受气氛左右，出虚浮之辞，换取肤浅的效果。所以，讲稿的整理对我尤为要紧。

　　虽然有详细的备案，但事实上，几乎从头来起。其中有三讲，"贵族""理趣""美国纪实小说"，由我们复旦中文系创意写作专硕二〇一九级同学整理录音，看记录稿，当堂的粗疏和散漫令人汗颜，好在勾勒了轮廓，保留了基础，转换书面终究方便许多。这一级同学入校正逢疫情，我拙于线上交道，就错过了面对面的课堂，在纸面邂逅，可谓以文会友，别有一番意味。顺便解释，整理的时间不完全按照讲课的顺序，实际的讲课也和大纲略有差池，"理趣"和"贵族"调换了先后，正式书稿的依序还是根据现场排列，所以，时间标示就不一致了。

　　浙大前后两月，多在紫金港度过，参观了地标性建筑求是大讲堂，古城楼的款，最惊人的是通体青铜材质，固若金汤。四边尚未建设，平野之上，可远眺西溪湿地。考古艺术博物馆则是现代风，直线和直角结构，虽为初始新建，没有全开，却也有几样值得记的。镇馆之宝颜真卿碑，碑体无存，只有表皮，想来中国无数壁画石刻，就是这样被洋人切剥，流失出去；数幅郎世宁"乾隆镇准噶尔得胜"铜版画，工整细致，中国界画的布局，细部则是写实主义，一个个小人头，眉眼表情无不亦动亦静，栩栩如生，几近勃鲁盖尔之趣；再有日人所捐浮世绘，西安借展俑人；等等。校区延伸出一条"堕落街"，和所有大学同样，补充学校伙食的匮缺，在复旦五角场，叫作"黑暗料理"，有点昼伏夜出的气氛。"堕落街"不分昼夜，到饭点便人头攒动，摩肩接踵。有一款大盘鸡木桶饭，量特别足，仿佛看得见少年人的生长荷尔蒙。在甚嚣尘上的中心外围，星布了新落成和施工中的楼盘，并校的迁移还在进行中。西湖在遥远的地方，几乎被忘记了，母亲家败落的旧址——三十年前，承杭州文学朋友帮助，我走进去过，如今也模糊了方位，和后现代中国所有的城市一样，杭州向周边极速扩张，辖制下的"县"变为"区"，"镇"为"街道"，"村"为"居委"。江南绵密蜿蜒的田地和小径被水泥覆盖，硬化，取直，成北方式的朝天大路，于是风也粗犷起来。

　　在我第一讲的开端，也是整个课程的开端，引用了艺术史家巫鸿教授关于中国玉器造型的解释，空间性的艺术可以将隐匿的性质外化为显学，语言艺术却是从隐匿到隐匿。当我整理讲稿的时候，又读到巫鸿教授另一本书《物·画·影》，以镜

子的起源带入"镜像"的概念。书中写到法国凡尔赛宫著名的
镜厅，面向拱窗等高等宽的镜子，将室外花园的景物映照其中。
《扬州画舫录》卷十二，记"绿杨湾门内建事厅"中有一堂，
壁画山水道路，"对面设影灯，用玻璃镜取屋内所画影"，于
是，一真一幻，山重水复。小说也是镜像，起于复制，终于转
换。这一过程在文字真不容易描绘，真和幻都在虚拟中，文字
本就是个天大的虚拟。记得二十世纪八十年代和同伴采访作曲
家王酩先生，当时他正值壮年，不想已成故人。他向我们述说
写作的经验，有一回，主题出来了，在第二乐句便圆满完成，
如何突进第三句，也就是"起承转合"的"转"，苦思冥想不
得，忽有一日，福至心灵，破壁而出。或可以归结"灵感"，
事实上呢，是有现实打底，那就是调性关系提供了工具，开辟
新天地。这个叫作"调性"的自然法则，在我们也没有明显的
约定，文字依着不可见的轨迹进化。小说的材质就是这样，解
析小说的材质也是这样，以不可见诠释不可见，我极力使两者
分离，费尽口舌而不详一二。整理讲稿就像重蹈覆辙，再一次
体验挫败。说到这里，不禁想起课程的开讲，就是一个隐喻——
楼院长说的，给自己"挖了一个坑"，即便是"坑"，不也是
物质性的？

二〇二一年九月九日　上海

目录

第一讲：小说的载体

美国芝加哥大学艺术史华裔教授巫鸿所著文章《传统与革新——高福履藏中国古代玉器》，写到新石器至商代时期内的一个玉镯，考古学家证明它和某一个陶镯在造型上有联系。问题来了，出于什么样的需要，让那时的人类消耗千倍劳力——采集、开料、去皮、穿孔、琢磨、抛光，去做一个陶器的复制品？在这小小物件中的超量作业，所包含的财力、人力、技艺，惟有奴隶社会的政治制度才能够调动和召集，我们可以将其理解为王权的象征，但这物件的存在本身，逐渐摆脱最初的动机，独立出一种修辞学的意义。同一篇文章中，作者还向我们推荐清代的一枚玉环：以一小兽的脑袋作起始，身体转化为两股交织的细绳，拉成扁圆环状，于是，坚硬的玉石，却表现出绳系的柔软松弛。我想，这就是修辞的意义吧，就是用一种材质模仿另一种材质，完全不考虑功用，纯粹作观赏效果，成为精神的活动。

我引用巫鸿教授关于玉器的解释，是企图佐证我对小说的认识。在我看来，小说是用一种材质模仿另一种材质，小说的材质是语言文字，另一种则是现实生活。和上述的玉环情形相同，绳系可利用其柔韧作多种弯曲的用途，而玉石的模仿没有实际的功能，仅止体现于修辞。现实生活是根据具体的需求而成型的，语言文字的模仿却没有一定的需要，我们也可以解释为一种修辞。被模仿的事物是自在的，绳系的柔软相对于某种特定用途，不向其他目的负责，模仿物却是受到限制，必须改变本体去适应对方，也就是重塑玉石。同样，现实生活是确凿无疑的存在，语言却是笼统的，它依赖诠释而存在，诠释依然是语言，用语言证明语言，抽象阐述抽象，这就是用于小说的语言的限制。

小说就是用这种抽象材质制造的存在之一，诗、词、赋之外的又一文类，叙事。在这里，语言对生活的模仿更具象和写实，它不同于诗、词、赋的情绪性和理念性。后者更针对于人类精神活动，经过归纳提炼，转变成另一种逻辑模式，从某种程度上，接近它用于模仿的材质，即语言文字的特性，而疏远于模仿对象。或者说，将模仿对象虚拟化，向模仿的材质靠拢，两者之间形成一种变通。叙事则更忠实于模仿的对象，生活。这两者有一个共同点，那就是附在时间上进行，这也是叙事艺术与现实生活最象真，因此最容易混淆的地方。时间的形态，一是长度，二是转瞬即逝，所以，法国作家普鲁斯特的《追忆逝水年华》，可说是一个明喻。我选择上海华东师范大学出版社周克希先生翻译的版本，他的译文很好，惟一的异议是，他将书名另起为《追寻逝去的时光》。原因之一是原名已经约定俗成，得到大家的共识，还是遵从比较现实；之二则鉴于单音节的中文，"追忆逝水年华"有词的格律的节奏，"追寻逝去的时光"则是一个陈述句。

　　这是一部巨作，如此超长的篇幅对于写和读都是挑战。我个人以为长度、体积，都自有限定，困难在于如何探得这个隐藏的规模。每一个故事，先天附有讲述的体量，决定于自己的需要。因纽特人在漫长的冬季雕刻木头和兽骨，按他们朴素的说法，就是把不需要的部分去掉，袒露出本来就有的形状。雕塑的形状是空间的性质，叙事则是时间，因此篇幅的长度是形式的基本构成。《追忆似水年华》——我还是用它的旧称，大家耳熟能详，选择它是为了佐证叙事的时间性质。叙事活动往往有两个潜在的企图，一是改变自然速度，二是假设现在进行式，方法是以人物命运、情节转折、事件发生，过渡和修改时间，换一种说法，就是模糊时间的客观性质。这也就是"修辞的意义"吧！《追忆似水年华》却有另一番野心，它将时间打回原形，让叙事存在于载体的原始形态。全书共七卷十二部，译成汉字二百万字，我选第一卷《去万斯家那边》的第一部"贡布雷"，约八万字。

　　小说开宗明义"追忆"，顺从时间的特性，就是即来到即逝去。《论语·子罕》说"子在川上曰：'逝者如斯夫'"，以流水形容时间再确切不过。西方哲人说，一个人不能两次涉入同一条河，说明流水的不可往复。要与时间并进地复述显然不能够，所以只能追忆，承认事情发生在过去。我以为，这是作者试图将时间打回原形的总体规划，也是首要条件，放弃和时间赛跑。其二，放弃情节的紧张度，代替以大量的细节，将情节在倒溯中还原于时间的序列，事实上，时间还是在变形，对抗变形也许是徒劳，但却产生预期之外的结果。

　　"贡布雷"起首第一句："有很长一段时间，我早早就上床了。"睡眠来临，进入时间的原始状态，"我仅有一种原生态的存在感"，就是这个意思，仿佛从蛮荒中生出。偶尔醒来，听见不远处传来的火车汽笛，好像上帝创世纪，将混沌分成明暗上下。然后，睡眠再将空间闭合，回进时间黑洞的隧道。在这睡、醒的交替中，"我"渐渐辨别出身体所在，房间、细木护墙板、家具、门底下透进的光、脚步声，排序是错乱的，似乎企图同时并进，这就是空间的特性。空间干扰了时间，或者说，时间模糊了空间，需要进行整理，依据是什么呢？"也许，我们周围这些事物的静止状态，只是由我们确信它们就是这些事物而非其他事物的信念赋予它们的。"这句话有些绕口，我理解的意思是"经验"，由连续的生活传递下来，成为一种先行的概念，或者说习惯，让我们能够认识并且命名这些事物，所以，将时间打回原形的第三种条件或许是主观性，这也是"追忆"的本质，对时间的客观性最有力的瓦解就是主观意识。就这样，回到时间的原始状态的努力其实是用一种物质置换另一种物质，修辞的意义又重现了。

　　睡眠终于过去，他完全清醒了，周围的事物瞬息纳入既定的位置，用作者的话，就是"习惯终于出场了"，"确信的天使"整理了混乱不堪的空间，这个空间的名字叫作"贡布雷"。为什么是"贡布雷"？客居的地方呈现出来的客观性，还是成长到了某种阶段，如他所说"我已经日复一日地让自我充满了卧室的角角落落"，意味着"本我"的封闭打开，具备观看的主体，即主观性？总之，事实就是，记忆从贡布雷客房的卧室开始。

　　在这间卧室里，我以为最重要的物件莫过于幻灯机。幻灯打在墙上的影像，表演中世纪传说故事，传达了两个概念，一是模拟了时间的流线型，二是一去不返的情景在虚拟中再现，但是改变了形状，就像谐谑喜剧或者卡通电影。这两个概念都是对小说母题的暗示，模仿和变形。幻灯投影中的荒野、城堡、人物，在卧室的墙壁、窗帘、门球上滑行，是"逝去的时光"的平面化，从一维变成二维。五彩斑斓的光影还将再一次出现，我不知道是作者的有意安排，还是一种偶然巧合，这放在以后再说。在卧室外面，外公外婆、父亲母亲在花园和餐厅之间进出来回，闲谈说笑，还有访客斯万先生，人和事活跃着，还有天气，阴晴不定，也是活跃的。偏偏是他，禁闭在床上，逼迫进亘古的时间——睡眠。他挣扎着不让自己沉入，岌岌可危的，岸上岸下仅有的维系，那就是等待母亲来道晚安。这一个吻别，就像给小舟解缆，他可以安全地漂流。可是，事情就像现代戏剧《等待戈多》，母亲显然已经忘记这个例行的晚安仪式。不得已，他请女仆送纸条提醒母亲，好像粉丝托剧场看门人给舞台上的女演员传信。这个动作是个预习，预习未来成年以后纨绔们社交场上的浮浪行状。说不定呢，还隐喻着时间的加速，"追忆"是可从法定时间中获得赦免的。有趣的是，这个隐喻很快就变成一项实验。母亲终于意识到自己的爽约，错过与孩子道晚安的允诺，补偿的办法是提早将外婆的生日礼物打开，乔治·桑的四本田园小说，倚在床头读给"我"听。这其实是对时间的透支，代价是偷换了顺时的给予，原本期待的生日庆典快乐，以及长久期待终于如愿的激动，代替为伴随着辛酸的抚慰。也许就是这悲剧事件，让"贡布雷"具有开创意义，它最先觉醒了"自我"意识，启动"追忆"。

"但这些都是自觉的回忆，意即理性的回忆"，作者写道，还有一种偶然情况，那就要说到著名的"小马德莱娜点心"了。小马德莱娜点心意味着邂逅性质的时间回溯，浸泡在椴花茶里的甜饼干，与口腔上颚部分的接触，仿佛撞开一扇门，释放出雪藏于忘川的记忆。这个模糊的状态被普鲁斯特描写得十分具体，而且生动。他写道："我辨认不出它的形状，没法询问这惟一的知情者，让它向我解释那味道——它的同龄伙伴、密友——究竟在表明什么，没法让它告诉我，它到底跟怎样的特定环境，跟过去的哪个时期有关系。"沿着这微妙的路径，他渐渐寻找源头，还是贡布雷。每逢星期天，望弥撒之前，去莱奥妮姑妈房间道早安，都会得到一块沾了椴花茶的小马德莱娜点心，于是，姑妈所在的小楼、花园，前面的广场、小巷、街道、小城、城外的小河，呈放射型浮现，时间携带着空间溯流而上。这样的邂逅也将再一次发生，以后我们就会知道。现在，我们发现"追忆"的又一个契机，感官的触发，同样发生在贡布雷。

"贡布雷"还向我们提供一条线索，时间刻度是由人类活动划分的，这说明时间有着柔软弹性的表面，这迷惑了我们的认知，用现代科学的说法就是"自然年龄"和"心理年龄"的概念吧！但是，最终，时间还是回到它坚硬的本质，"逝者如斯夫"。小说中的小男孩，等待母亲的时候觉得时间无比缓慢，但当他沉溺于阅读，又觉得不可思议的迅疾，诧异地看着钟表，"简直没法相信，这两根金色刻度之间小小的一角蓝弧，居然能容纳下整整六十分钟"。钟表确实是一件奇异的物件，它将无形变成有形。星期六这一天，因为女仆下午要到邻镇的集市采购，所以午饭提前一小时。姑妈家严格的起居法律移位了，忽然变成另一种生活。白昼多出来的一个钟点里，盛进了更多的食物，一块小牛肉；增添了谈资，许多奚落和逗趣从多出来的钟点生发出来，比如有人忘记了星期六的日子，以为还未到饭点，大家都乐不可支，几乎笑上一刻钟；还有不期而至的访客，流露出来的惊异表情，这类人物被称作"没开化的家伙"。由此可见，流动的时间在生活里被固化了，而且密度相当大，不容易动摇，换一种说法，就是"生物钟"。倘若是在五月，吃好这顿丰盛的午餐，就要去赴圣母月的庆典，于是，走到户外，时间转型为漫长的散步。

　　散步，是时间的另一种物质形式，就像指针在表面上走秒，脚步放大了钟表的刻度，如果再想象我们脚下其实是一个球面，被一步一步推后去，简直就要怀疑钟表的设计是从步行发生的。还是贡布雷，从姑妈家出发，可向两边散步，他们分别称作"斯万家那边"和"盖尔芒特家那边"，各有风景和际遇，在我看来，往"斯万家那边"去，值得注意的事情有那么几桩：一是花，最先迎接他们的是斯万家院子里的丁香花——让人不解的是，丁香到场不久，便已经阑珊。那几株"俏丽花簇"，"在高处流光溢彩"，然而，"仅仅一星期前花苞还在竞相吐放芬芳的枝叶，如今只剩下皱瘪的花瓣，干巴巴的了无香味，兀自凋零萎蔫，发黄变黑"。是不是给时间另一种刻度，花事从盛到衰的周期？钟表盘的面上，"两根金色刻度之间小小的一角蓝弧"，在五月的春阳底下，换成花开花谢。先驱者丁香即将收尾，草木的大部还在丰隆中。斯万家院子的另一边是旱金莲夹道的小路，小路低处是两排花圃，种着勿忘我、长春花、剑兰、百合花、垂向池塘里的泽兰和水毛茛。再往前，山楂花来了，粉红、大红、白色，大片的山楂花丛里，独立一支虞美人，几支矢车菊。然后，茉莉花、三色堇、马鞭草、紫罗兰——仿佛是绚丽的铺垫，奇迹出场了，类似小马德莱娜点心的邂逅，这回是一个声音，"吉尔贝特"，一个小姑娘的名字，母亲在叫唤。和小马德莱娜点心不同，它不是召唤过往，而是未来。小说写道："也许将来有一天，我能凭它找到这个名字所代表的活生生的形象。"可是，"吉尔贝特"真的是未来吗？作者的外公显然认识她，她的母亲管束她，还有一个陌生人先生，这一切意味着小姑娘自有历史，是孩提时代的作者无法进入的，"吉尔贝特"这一声叫唤，穿越着她的神秘时间。许多时间并行着前行，人只能在一种时间里生活，就好像，贡布雷散步的两条路途中，一个时间里只能走一条，要走第二条就要消耗其他的时间。

去"斯万家那边"第二件值得注意的事情，我想是乡村教堂。这座教堂不是他们在火车上，十法里开外就看见的那一座。贡布雷的坐标，矗立在灰色屋顶的簇拥中，越过中世纪城墙的残垣，向远道而来的人们招手。走过纵横交错的街道，在店铺和住宅之间，就是它的北门。古老的门廊，墓石底下历代神父的遗骨，铺成通向祭坛的过道，彩绘玻璃上的积尘，改变了光线和颜色——在此，我要兑现之前的一个承诺，那就是卧室里的幻灯光影将再次重现。从墙壁窗帘门球上滑动的中世纪的映像，移到这里，以静止的形态更大幅度地展开：一座粉红色的雪山，山下的激战，还有一面划分出上百格子的蓝莹莹的长窗，"样子跟当年查理六世玩过的纸牌相仿"。连绵不断的厅堂、圣殿、哥特式拱顶，用作者的话，"它把野蛮粗鄙的十一世纪隐匿在厚厚的石壁之中"。如此看来，教堂可说是时间的化石，生活延续成历史，然后向这里集中。如果说这是贡布雷的正史，那么，这一座，小村子里，名为圣安德烈的乡村教堂，就是民间的野史，属于渔樵闲话的一类。和贡布雷教堂身处市廛不同，它坐落在一片麦田，两座钟楼的尖顶坡面铺着鳞形瓦片；门廊里，圣徒和先贤的石像簇拥成一堆；大门上方是婚礼和葬礼的场面，想象中，大概很像勃鲁盖尔的绘画；亚里士多德和维吉尔的八卦也是雕塑的题材，其中，甚至有一位人物极似贡布雷店铺的一位伙计，叙事风格完全是姑妈家厨娘一脉，当她讲述帝王轶事时，分明是针对家中的主人，借古讽今；有一座圣女的圆雕，无论脸相、姿态、神情，活脱就是邻村的村姑。这是另一个时间的流域，留下不同形状的化石。

　　现在，我们将"斯万家那边"暂告段落，调转方向，往"盖尔芒特家那边"走一走。这条散步路线充满着隐喻，作者说，"最迷人之处，就是你往前走的时候，维沃纳河几乎自始至终在你的身旁流淌"。时间回到它的原型，"逝者如斯夫"，同时呢，抽象变成具象。波光粼粼的河流，被天空映得碧蓝，四周是荒蛮的田野，是不是有所意味，又意味着什么？或许是混沌的时间。而维沃纳河则是被人类标记了刻度，又一种转化为空间形态的刻度出现了。也有花，稀朗的报春花和紫罗兰，不过只是河流的点缀。还有老桥，过去就是纤道，显然荒疏了，但证明这里曾经是繁忙的航道，人类总是在时间的混沌中留下标记。河岸向火车站延伸过去的田野上，没入蒿草的城堡的废墟、断壁残垣、依稀可见的雉堞，提示着从前贡布雷家族抵御盖尔芒特领主入侵，将维沃纳河当作天然工事。是又一项人类活动的标记。现在，纤道和田野被星星点点的金盏花布满，时间在这里再次回进混沌。作者说，"这些花儿说不定是好几个世纪以前从亚洲来这儿的"，他认识到"一种东方的充满诗意的光芒"，在这里，出现了"东方"的字样。

东方的一元世界，对注重实证的西方有着莫大的吸引力。在托尔斯泰的《战争与和平》里，安德烈濒临死亡的冥想，先是承认爱，经历了激情、背叛、辜负和被辜负，直到全盘接受。然后从爱到泛爱，"爱一切，爱所有人，永远为爱而牺牲自己，就意味着谁也不爱"。就这样，到达无爱。走了一个循环，有就是无，无就是有。"我死了——我醒了。是的，死亡——觉醒！"于是，生和死的障碍消除了。这个循环在《战争与和平》的另一处，直接被描述成"圆"。当安德烈亲身体验"有"和"无"之间的自由通道，好友皮埃尔也在参悟的路途中，他成了法国军队的俘虏，难友中有一个名叫普拉东的，是个朴素的一元论者，他的表达是，"我们的幸福就像拉网中的水：拉的时候鼓得满满的，拉出来一看——什么也没有"。皮埃尔对他的认识也是朴素的："他的话常常前后抵触，却又都是有道理的。"他用"圆形"来形容这个印象，这种"圆形"的印象先是从外部得到印证：脑袋、身体、眼睛、温和的笑容，最后变得抽象，和"永恒"有了关系，"一种不可思议的，圆形的，永恒的体现"。"圆"的说法还出现在罗曼·罗兰，普鲁斯特的前辈国人的笔下，《约翰·克里斯朵夫》的主人公弥留之中的幻象，"走出时间的洪流，到了极乐的高峰，——在那儿，过去，现在，将来，手挽着手围成一个圆周"；我们大概不能视为偶然。这个"圆"不是单笔的首尾衔接，而是中国哲学的太极，发生在圆心，暗示着三维立体球状的周而复始。

　　回到"盖尔芒特家那边"，维沃纳河。"我"，特别注意到河里的几只玻璃瓶，是孩子们企图用来捕捉小鱼的渔具，却极具哲学意象，倘若没有这个细节，"东方的充满诗意的光芒"就还不足以证明。"既是瓶壁透明得有如硬化了的水的容器，同时又是盛在一个更大的液态的、流动的水晶容器里的内容"，这让人想起佛经，"弱水三千，只取一瓢饮"。河水穿过蔓生蔓长的野生水植物，仿佛走在未开化的原始时代，然后就进入文明，流经一座府邸。府邸的主人将一个个小池塘修饰成睡莲园，花又出现了，"斯万家那边"是地上景，这边是水中花，而且是莲花，是不是又有了隐喻？我们知道，观音渡海就是乘着莲花。出了花园，就看见了船，船上人，"放下桨，头朝后地仰卧在船板上"，几乎是中国山水画的意境。往"盖尔芒特家那边"，沿维沃纳河散步，无论走多远，都没有抵达河的源头，于是，就想象它是个抽象的所在，其实呢，很有趣的，它就在不远，离贡布雷没有多少公里的地方。它只是"弱水三千"里的"一瓢"，可仅一瓢，也超出了我们的极目远眺的视野。如果让我给从贡布雷出发的两边风景作定义，那么，"斯万家那边"是实证主义，"盖尔芒特家那边"则是禅家，前者企图为时间印上刻度，后者呢，是取消刻度，回到混沌，目的同样都是揭露时间的原型。

　　因为两边都以人名作代指，我想是提示时间里的生命，人。

好比浏览美术馆贡布雷的主题展，我们观赏过静物画——星期天的餐桌，鸡蛋、牛排、土豆、果酱、饼干，以上是常规的食品，除此之外，还有不定期的时令菜，友人的馈赠，市场的新货源，厨娘心血来潮的创意，比如菱鲆、火鸡、牛骨髓烩菜蓟、烤羊腿、菠菜、杏子、醋栗、覆盆子、樱桃、杏仁蛋糕、巧克力掼奶油；然后就是花卉图；再然后，中国山水；最后，贡布雷的人要出场了。让我们忽略姑妈窗口的西洋景里的行人，经过仆人和杂役的嘴演绎成八卦新闻：服兵役回家的邻人的儿子、刚从修道院出来的神父的侄女、一位税务官、杂货铺伙计、园丁，也跳过家庭亲缘，比如外公、外婆、父亲、母亲、莱奥妮姑妈、阿道夫叔公，以及叔公轶事里的粉衣女郎。前者是陌路，属背景性质；后者呢，与生俱来，就纳入了叙述的本体，"我"的范畴。就顺从户外散步的路线，随斯万先生去。

首先，我们知道斯万是犹太人，从证券经纪人的父亲名下，继承大笔遗产，属于布尔乔亚阶层，以他的财富被有声望的家族接纳为座上宾，时不时地，会受到亲王贵府的邀请。和大多数富二代一样，他不再具备上辈人的奋斗精神和扩张的欲望，他们开始过一种艺术生活。事实上，我以为，这里隐藏着阶级更替的心理，企图做新人类，这种"新"往往是以"旧"体现。比如，他在巴黎住的是一座旧宅邸，所在的奥尔良沿河街，大约是"下只角"，因为遭到"我"姑婆，一个老派人的嫌弃，继而怀疑其中的收藏都是假货，尽管斯万对每一件收藏都说得上出处和来历。再比如，他的社交关系，也脱离道统，和有爵号的夫人来往，却娶了社会地位低下且作风淫荡的妻子。还有，他在贡布雷的花园，洋溢着旖旎的风情，散发出不规矩的气息。

花丛中的"吉尔贝特"，金栗色头发、黑眼珠的小姑娘，就像
花的精灵，远远站着的白衣夫人和斜纹便装的先生，则是护花
使者！可是，外公发出的低语却透出一股暧昧劲，"可怜的斯
万，他们给他扮的是个什么角色哦：叫他离开，就为让她可以
单独接待她那个夏尔吕，可不就是他吗，我认得他！那个小姑
娘，这种肮脏事儿居然也有她的份！""她"显见的是斯万太
太，那个坏名声的女人；小姑娘则是斯万的女儿。她们不是去
了兰斯吗？斯万这才去巴黎的，如此说来，是事先的设计了。
可是，谁能说得准，很可能斯万将计就计，借此脱身，获取一
时自由。这个细节很有点类似"我"等待母亲道晚安，让女仆
送上纸条，预演将来的风流韵事。之前，"我"颇具远见地写
过，"——在早年的斯万身上，我可以看到自己在青年时代所
犯的那些可爱的过错"。时间打了个漩，再顺流直下。再看看
斯万和什么人做邻居。中国古代有孟母三迁的故事，一位母亲
为了选择好品行端正的邻居三迁家宅，说的就是比邻而居的重
要性。就在"斯万家那边"，世家凡特伊先生的别墅里，正当
嫁龄的女儿，没有未婚夫，倒有个同住的女友。这对奇异的伴
侣在粗鲁的佩斯皮耶大夫口中，尤其不堪，连神父都笑不可仰。
斯万却不畏人言，对凡特伊小姐很亲切，世人解释作"上流社
会纡尊降贵"，是维护他和他所属的上流社会的面子，有意回
避事情的实质。实质是，斯万他无视一切伦理道德，破除陈规，
是一个现代人，称得上"雅痞"的先驱。

　　说过斯万，就轮到"盖尔芒特家那边"。和维沃纳河源头
一样，也从不曾走到散步的路途的终点，于是盖尔芒特公爵和
公爵夫人就也变得虚妄起来。他们变成贡布雷教堂里那幅古老

的以斯帖的立经挂毯上的人物、墓石底下的先贤、彩绘玻璃上的坏东西"吉尔贝"，据说也是盖尔芒特家族的一位爵爷，还是客房卧室窗帘和门球上流连的幻灯景象、骑马的戈登——中世纪传说里的人物。我们应该对这位公爵做些介绍。从十四世纪开始，在攻占土地的战争失败以后，用联姻的方式，取得旧领主的姓氏，就是说，盖尔芒特公爵夫人的祖先，嫁给了本地领主的堂兄，摇身一变为德·贡布雷伯爵夫人，前面说过的维沃纳河岸上的城堡旧迹，指的就是领主们和盖尔芒特们的攻防战役。经过几个世纪的演变，化干戈为玉帛，尘埃落定，归于平静——"这维沃纳河，河上的睡莲，岸边的大树，以及这么些美好的下午"。时间在进化过程中，被充盈得饱满、丰丽、感情充沛，一部分来自天然造化，一部分则是人类文明。由于盖尔芒特是这样一个身世暧昧的家族，多少有些外来户的性质，他们"曲线"入主贡布雷，成为第一批市民，可是，却没有属于他们的房屋，作者想象他们就像波希米亚人似的，在街头流浪，同时呢，又仿佛寄居在教堂，彩绘玻璃的积垢上，黑漆漆的人形，就是他们。然而，要是听佩斯皮耶大夫描述盖尔芒特的宅子花园，就是那位爱嚼舌头的人，乐于传播凡特伊小姐和她女友的丑闻，是个男八婆，嘴很坏，但有时候也能吐出象牙呢，他将花儿、流水、田野融为一体，归属到盖尔芒特，尤其是盖尔芒特夫人名下，以至于引起"我"的幻想，幻想着她邀请作客，钓鳟鱼，还与她讨论诗歌、小说和哲学。

　　真正见到盖尔芒特夫人却是在另一个场合，在佩斯皮耶大夫女儿的婚礼上，母亲为满足"我"的夙愿，带他去参加婚礼弥撒。于是，他终于看见了偶像的真人。和诸如此类的许多经验相似，向往已久的渴望一旦满足却效果平淡，期待持续地输送想象，夸大了对象的传奇性，现实难免令人失望。盖尔芒特夫人也脱离不了窠臼，看起来，她不过是个布尔乔亚，就像"医生和商人的老婆"。她的行事方法也像是贡布雷的市民，因为佩斯皮耶大夫替她治愈了疑难杂症，便豁出屈尊捧场。可是，情形在发展变化。这个脱离了维沃纳河流的散步路线，突兀而出的婚礼弥撒，其实是在延续的时间之外，由偶然事件开辟出的孤立空间，很快，连贯性的存在就来纠正它了。在任意延伸的"人类的视线"里——"德·盖尔芒特夫人坐在那个后殿的先人墓石上"，由历史和传闻塑造的君主，又回来了，她不像任何人，只像她自己。

　　"盖尔芒特家那边"的散步活动还在进行，时间的河流绕过婚礼弥撒继续向前，可是，心情变得复杂。"我更清楚地意识到自己没有文学的才能，这辈子是当不成大作家了"，这个念头来得有点猝不及防呢，最直接的联想是与盖尔芒特夫人邂逅，打击了他的认识能力，这打击分先后两次。第一次，他没有想到盖尔芒特夫人外表那么平凡；第二次，他没有想到这平凡后面的高贵，远超出他的心理准备，本来他还打算和夫人谈他的新诗构思和哲学观点呢。这两点都质疑了他的想象力，想象力可是文学的天赋哪！这个分析很可能有些过度诠释，可是不这样想又能怎么想？有一个事实是明显的，经过婚礼弥撒，散步途中，不再有盖尔芒特夫人的幻影，"我"回到感性的直观世界，"于是，骤然间一片屋顶，阳光在石墙上的一绺反光，一条小道的芳香"，历历在目。在我看来，颇具意味的是，特别提到一次路遇，那就是佩斯皮耶大夫，邀请散步的人上他的马车。这个粗俗的人，却仿佛是上帝下沉人间的手，实施救治伤痛的义务，医学，也是人类文明给予时间的刻度吧！马车停在马丁镇的教堂跟前，好比"斯万家那边"的终点是梅泽格利兹镇，这里，"盖尔芒特家那边"是马丁镇。教堂的钟楼总是让散步人欣喜，大概不能简单理解为信仰，而是混沌宇宙里的航标灯，就好像，神说"要有光"，就有了光。

　　承载"追忆"的时间，在睡眠里回复原型，散步是走秒的计数，还有一种形式，则是阅读。阅读具有这两项的性质，它既有睡眠的漫想的功能，以自觉替代不自觉；同时也是数秒，文字就是刻度。最初，由母亲的朗读传送进意识，随着长大，接受教育，文字有了具体的物质性实体，变成可触摸和拥有的，就是书。在贡布雷的杂货铺是"我"与书第一次照面，然后，进入阅读。此时，"我"忽然发现，阅读提供的情景，"往往是在整个一生中也遇不到的"，于是，阅读给予了另一种时间，虚拟的，但和现实同时并进。我们已经看到，这一种时间的模式，将从盖尔芒特夫人身上试水，结果的复杂性却不是一个孩子所能承受，所以本能地避开了压力，不再提她了。"我"注意到，当阅读开始，睡眠便自觉退场，追忆在清醒中活动。伴随阅读，写作也来了，在佩斯皮耶大夫的马车颠簸中，写下了一篇，也许是"我"第一篇完整的称得上文章的文字。小说完整地拷贝了全篇，假如我们相信小说有着自己的真实性。其实呢，连姑妈的女仆都知道，小说中的人"并不是真人"，但是这有什么要紧的，小说就是模仿事情的真实发生。引起我重视的不在于这篇短文本身，而是写作的感想，"我"说："写下这段文字以后，我就不去想它了。"这很重要，写作使我们卸下记忆的负担，没了牵挂，一身轻松。穿越时间，即便什么都不做，也是沉重劳动，这项劳动，大约可视作"人生"。就像维沃纳河里小孩子逮鱼的玻璃瓶，满满的一瓶水。现在，写完短文，"我简直像个刚下完蛋的母鸡，高兴得直着嗓子唱了起来"。再接着，虚无又来吞没他，就像裹着玻璃瓶的"更大的液态的、流动的"维沃纳河。此时此刻，"我"希望什么都不要，只要能整晚扑在母亲的怀抱里啊！"就仿佛要回到母胎，那里有着永恒的时间。睡眠又来了，但是没有任何干扰，几乎一眨眼，又是阳光普照的明天。

　　我想，现在可以来回答最初的问题，"追忆"为什么从贡布雷开端？也许因为贡布雷有一种能量，足够将混沌开蒙阶段的事物容纳进第四维空间。关于"第四维"的说法是作者走进贡布雷的教堂所产生的，这座教堂，火车离得老远就看见它，作者的原话是"成了一座，不妨这么说吧，占据着四维空间的建筑——那第四维就是时间"。

　　　　　　二〇一九年九月九日、九月十七日讲于浙江大学
　　　　　　二〇二一年一月二十四日整理于上海

第二讲：小说的模型

先要说明一下，这里的"模型"不是通常所说"类型"的意思。"类型小说"，指的是相对严肃文学的流行文学，前者为小众，后者为大众，它们在什么地方分道扬镳，又各自走到怎样的处境，是另一个话题。现在，我要说的"模型"是叙事的基本构成法则。直到今天，机能依然没有失效，小说创作究其所以，还是在它的脉络上生长。最初的缘由，也许来自民间传说、游走的歌手、命师的谶言，也许只是街头巷尾的蜚短流长，或者漫漫夜晚里灵魂出窍的妄语、老婆婆吓唬小娃娃，无论源出哪一宗，总之，都在不同程度上满足人们喜爱故事的天性。爱尔兰首府都柏林有一个文学博物馆，起首第一句话就是，爱尔兰有着六百年讲故事的传统，这证明了文学和叙事的关系。叙事这一项活动，无疑属世俗生活，中国元杂剧勃兴的十三世纪，从前朝北宋走来，看著名的《清明上河图》，城郭壮阔，街道纵横，舟桥车马，贩夫走卒，一派蒸腾气象，备足了演戏看戏的硬件和软件，剧作和剧作家便应运而生。一百年以后，欧洲文艺复兴起蓬，揭开热刺刺的庶民天地，《坎特伯雷故事》就是在这时候登场的。

我用的是江苏人民出版社 2010 年版，译者张爱玲，我先还以为就是那个"张爱玲"，但请教专家陈子善先生，他的回答是否定。张爱玲的年表上从没有这项记载，而且，他说，从美学倾向看，张爱玲的趣味更在十九世纪以来的英美文学，所以，多半是个同名人。我们知道，《坎特伯雷故事》的作者是英国乔叟，生卒时间 1343—1400，比薄伽丘，《十日谈》的意大利作者（1313—1375）晚生三十年，交集三十二年，再有二百二十年以后的莎士比亚。之所以提及这几位的先后关系，是因为他们同在文艺复兴的四百年里。四百年是一个漫长的时间，可供产生许多思想和实践的果实，同时呢，又很短促，仅一个历史浪潮的名称即概括完毕。

从文学史看，《坎特伯雷故事》的贡献更在语言，它采用伦敦方言写作，这让人想到中国晚清韩邦庆的《海上花列传》，全篇苏白，新开埠上海的方言，就是在这基础上发生发展，可说是上海话的正传。所以，事实上，中国的白话文早在叙事这一世俗活动中运用和传播，到二十世纪初的"五四"新文学，为先进知识分子赋予革命的意义。很遗憾，我的英语不好，无法从语言角度认识它的价值，吸引我的，还是故事。按爱尔兰文学博物馆的前言所说，六百年的讲故事的传统，如果从文艺复兴算起，差不多就是这个长短。爱尔兰和英国地缘接近，文化同源，我们大概可移用这个时间概念，就是说，乔叟是最早讲故事的人，或者之一。这本书或许能够让我们看见，故事与生俱来的"模型"，它的形制、结构、容积量以及派生能力。

　　这部故事集以乔叟第一人称讲述为线索。从英伦南岸萨得克地区出发，往坎特伯雷朝拜，宿在古老的泰巴德客栈，遇到二十九位朝圣者。外加一位卖赎罪券的人，从伦敦若望西伐医院来投奔朋友，朝圣者里的一名差役。加上乔叟自己，就有三十一人同行。客栈主建议，为使旅途增添乐趣而不至于感觉疲劳，来去每人都需讲一个故事。这样的故事会，很可能是英国民间生活的日常形态。就拿坎特伯雷这地方说，十九世纪曾有过一位爱德华大主教，酷爱鬼魂故事，府上定期举行"幽灵之夜"，来宾们依次讲述见闻。据称，小说《螺丝在拧紧》就是作家亨利·詹姆斯从美国旅行英国，友人带去"幽灵之夜"，得来素材。阿加莎·克里斯蒂的马普尔小姐居住的乡下小镇，也有一个"星期二晚间俱乐部"，来宾们轮流讲故事。泰巴德客栈老板很可能出身伦敦，因乔叟说他"是典型的契普赛德高贵市民的代表"。要知道，"契普赛德"是中世纪伦敦的商业大街，这是否意味着叙事活动和市民社会壮大有点关系。这位客栈主显然是个故事爱好者，他竟然放弃生意，决定跟随上路，于是，集结的队伍多了一位。后来，又加入一名教士和他的随从，算起来，总共三十四人。

　　我粗略划分一下这个临时小社会的构成——

　　贵族二名：骑士，骑士儿子兼随从；

　　神职人员十名：修道院女院长，修女即女院长副手，三名同行教士，托钵修士，修女院教士，教区主管，卖赎罪券的人，中途加盟的教士；

　　自由民十八名：客栈主，商人，律师，小地主，服装商，木匠，织工，染坊主人，织毯工，厨师，水手，医生，帕瑟妇人，农夫，磨坊主，食堂采办，管家，差役；

知识人二名：牛津学者，乔叟；

奴隶二名：一名是骑士的跟班、自由民出身的乡勇，一名为后来加入的教士的随从，曾经是有产业的人，破产后沦为随从——以此可见出阶级轮替的频繁活跃。

简单罗列，其中最庞大的群体就是自由民，看上去，几乎是文艺复兴的人物群像，仿佛佛罗伦萨教堂大理石的过廊底下立着的手艺人雕塑。贵族和奴隶的比例最低，而奴隶则都出身自由民，更像是职业的选择。神职人员数量排第二，也是职业化了的。总体呈现出两头小中间大，向前看，接近现代中产阶级国家体制，向后则是古希腊共和制城邦。人物到齐出发，打尖时候，讲故事开始了。还是客栈主提议，用抽签来决定先后次序，骑士抽到了第一讲。

骑士的故事出自希腊传说，这个起句在我看有些意味，希腊被认为是西方文明繁荣昌盛的发祥地，一方面可视作故事会从道统出发，另一方面，暗示接下去大有可能偏向旁门左道。骑士冗长的故事终于结束，轮到第二签修道士，但磨坊主却等不及要讲他的，事先立下的规矩破了个口子，接下去就难说了。磨坊主的故事粗鄙下流，却是启用《圣经》中方舟的典故。事情发生在牛津，当地的木匠被学生房客要了一通，戴上了绿帽子。我们知道，十三世纪初，牛津学生就是和镇民发生冲突，然后一部分学者跑去剑桥镇另立剑桥大学。文学来自生活，或许有点历史的影子呢！这时候，管家坐不住了，因为他本人木匠出身，必须"以牙还牙"，自此，抽签的顺序放弃了，取而代之以即兴所至。管家的故事颇具用心地放置在剑桥，主人公是个磨坊主，多少地，文学批评涉入人身攻击。在这里，牛津学生换成剑桥学生，将磨坊主的老婆、女儿都睡了。还击的力量就有点过猛，厨师抢出来要讲故事，其实是打圆场，企图脱离开冤冤相报的互怼模式，另开一路排列。厨师从伦敦来，讲的是城市故事，粮油铺子的风流伙计，却没有结尾，作者有意为之，还是像中国《红楼梦》的命运，版本佚失。重新上路之前，客栈主钦点律师，尽管抽签的规定不宣而废，客栈主还是要守住他的权威地位。不是别人而是律师，大约带有主持公正的意思。律师讲的是叙利亚商人去往罗马，带回公主进贡国王，国王改宗基督教，他们的儿子长大继承了外公的王位，做了罗马的新皇帝。客栈主按新规则再次钦点，却遭到抵制，那就是教区主管先生，他显然不满意方才故事里的折中主义倾向。空气中都能嗅到布道的气味了，水手立即趋前自报，说他"有快乐的铃铛，可以让大家轻松一下"。随即讲了商人和修道士的一场博弈，结果是修道士胜，骗财骗色，得意而归。比较前者的异教色彩，这一个可说是直接的诽谤，个个噤声，现场一片沉寂。客栈主请修道院女院长出马，意图是为纠偏。女院长很明白自己担负的使命，开头便称颂道："主啊，我圣明的主！你的英名世人皆知，就连那些还在襁褓中的孩子也对你表示敬意！"故事果然是有关孩子的虔诚，一个基督教男孩被犹太小孩刺杀，死去的他躺在主祭坛上，从割断的喉咙中唱起圣诗。这情景就像耶稣复活的人间剧，实际上却很恐怖，散发出苦修的阴沉气息。就这样，经院与市民的拉锯战，在此涉及神俗之争，就有些危险，场面更加凝重。紧要关头，客栈主发现了乔叟，乔叟说，"这是他第一次和我打趣"，看来很难保持旁观者的身份了，只得来上一段。乔叟的故事是一首长诗，描述青年爵士去寻找梦中情人，很快耗尽了听众的耐心，客栈主不客气地打断他，要求他换一个，"比如说白话的，或者有教育意义的"。于是，乔叟讲了第二个故事，从十三世纪意大利法官拉丁文《训子篇》移植，情节以雄辩铺陈展开，每个人的发言都引经据典，仿佛在雅典的公共广场，又都是苏格拉底的后人。篇幅同样冗长，但到底有起承转合，核心情节又事关男女，就比较让人满意。乔叟的两个故事，一是诗，一是修辞，表示他是经典文学的正传，有这么一个权威人士在场，所有的离经叛道也都能获得赦免了吧！

　　乔叟故事塑造的美好结局，却映照出现实的残酷无情，修道士决定要提醒大家幸运女神的任性，喜新厌旧，他说："我喜欢悲剧。"修道士列了个英雄榜，一总十七个人物：撒旦堕落前的小天使鲁齐弗尔；人类祖先亚当；《圣经》"士师记"的大力士参孙；罗马神话中的英雄赫拉克勒斯；《圣经·旧约》"但以理书"卷中巴比伦国王尼布甲尼撒；尼布甲尼撒的继承王位的儿子伯沙撒；巴尔米拉女王芝诺比亚；佩特罗王；塞浦路斯的彼得王；等等。这些人物全出身典籍，史上有名，但下场都不善，结论是人生无常，命运叵测。眼看悲观主义的情绪弥漫在人群里，客栈主就鼓动修女院教士讲一个开心些的故事，因为——客栈主说："我记得你的名字叫约翰，是专听修女们秘密的教士。"尽管修女院教士，按客栈主的话说，"肚中一定装着不少货"，也就是所谓八卦，但他还是审慎地讲了一个《公鸡羌梯克利和母鸡佩特洛特外传》。公鸡和母鸡的说法意味着内容的假设性，就像现在许多涉及现实的电影常常标注"片中情节纯属虚构"。"外传"两个字就更微妙了，似乎预先说明，即便有雷同之处，那也不是正史，而只是野谈。就此还不能完全放心，格外留条后路，那就是，故事以梦的形式表现。做梦的公鸡提到马克罗比乌斯，公元四百年前后的哲学家，对公元前一百年的西塞罗所著《西庇阿之梦》的评注，世称是中世纪梦幻文学的背景。所以，这个故事又有了经学的支持。故事说的是公鸡和狐狸对决，公鸡以智取胜。相对前一个同行的宿命论，这里显然是要强调行动的决定性因素。设计多层款曲，大约是为避免正面的冲突，修士就是这样一种虚伪的人类。话语权在教会人员手里接棒两轮，客栈主点了自由民医生。伦敦人多有不信神的异教徒，客栈主就有这种倾向。而医生早就等得心焦，立马宣布讲个"解乏的故事"，说法官勾结市井无赖，妄图霸占武士美丽的女儿，结果当然是恶有恶报，善却未有善报。这个扯淡的故事，却声称来自古罗马历史学家李维笔下，明显是拉大旗做虎皮。末尾，为向正统回归，来了句说教"洁身自爱，远离罪恶"，和哪儿都搭不上。可是人们却从中窥见悲剧，反应激烈，急需一个喜剧来平息心情，于是，卖赎罪券的人出场了。前面介绍过，他不是乔叟在客栈遇到的二十九名朝圣者之一，而是其中法庭差役的朋友。卖赎罪券，是中世纪天主教的神职一种，需得到获准，也可见出此时教会已经商业化，所以这位仁兄更像是个买卖人。他提议大家到酒馆喝一杯，正应了酒后吐真言的俗话，他坦白了从事这项生意的原因，总起来说，赎罪券就是假冒伪劣，而自己呢，是"靠着一张不烂之舌而到处骗钱的骗子"，人们大约是被他的诚实打动，并没有拒绝听他的故事。三个颓废青年结伙，从合谋到彼此算计，最终纷纷落入陷阱死掉。不管怎么说，也是劝善惩恶的意思，顺势推销赎罪券，遭到客栈主的怒骂，骂得极难听，很难重复，总之涉及性器。在座的故事往往有着这种"下半身"趣味，多半出自伦敦俚语。看起来，小说真不是世家出身，天生的粗鄙。中国的小说，初始也是"下半身"写作，《肉蒲团》，《金瓶梅》，李渔的《十二楼》，但即便市井故事，村夫野骂，就像《红楼梦》里焦大的"胡吣"，在书面也是"雅语"。到民国"礼拜六"小说，三教九流，吃喝嫖赌，无所不及，但到了纸上，还是假作斯文。中国文字的士大夫历史，养成贵族化的秉性，黎民杂家一旦进入文字，便成诗词曲赋。因此我也很难想象乔叟的原文是怎样一种俚俗。回到"坎特伯雷"，这一轮教会与庶民的比拼告一段落，帕瑟妇人要求发言了。

　　三十四名同路人中，只有三位女性，帕瑟妇人、修道院女院长以及她的修女副手，比例不到十分之一，但能量不可同日而语。单帕瑟妇人自己，就以一当十。这样强盛的气场当然有个人性格，但不排除社会因素。之前乔叟就专门介绍了"帕瑟"这个地方，位处英格兰西南部，有著名的温泉浴，更重要的，那里的织造业非常发达，甚至超过伊普尔——中世纪的纺织中心，而帕瑟妇人恰是行内的佼佼者。那些男人口中借道德伦理行男盗女娼的故事，把她听得火起，就要说一说婚姻和爱情。关于这个题目，她自诩最有话语权，"因为作为一个女人，我至今已过五位丈夫——如果主肯承认的话"。明知道主只应许给女人一个丈夫，可她坚持要做五个丈夫的女人，她说，"我喜欢丈夫一个接一个"，旺盛的情欲让她等不得上一个退场，就要迎接下一个，现在她又在拭目以待第六个走进命运。她的故事说是发生在十一世纪亚瑟王时代，其实呢，更可能是她本人的理想，主题是"什么事是天下女人最渴望的"，答案为："丈夫或情人的一切都由她们来做主！"帕瑟妇人的故事讲完了，不知道现场效果如何，惟有托钵修士挑剔说："你的故事大道理太多。"倘若学者和教士来讲还合适，因他们的职责就是教诲人生，妇道人家难免逾矩了。托钵修士的批评针对帕瑟妇人，接下来讲的故事却明显冲着法庭差役，这两位不知什么时候结下的梁子，是不是差役的朋友，卖赎罪券的人让他不爽了，同行相忌，托钵修士又是个迂腐的人。他的故事里，差役遇到魔鬼，而且被整得很惨，刀山、火海、刺炼、油煎，与中国宗教里的阴曹地府相仿。差役当然咽不下这口气，也编排了一个托钵修士的故事，他的还击举重若轻，托钵修士得到的捐赠是一个屁。"屁"是经常出现在讲述里的物事，让我想起，一九八七年，在汉堡一个当代艺术的展品，就是两个塑料的屁股，在贝多芬的音乐，"命运的敲门声"里响亮地放屁。这种孩童气的恶作剧，似乎有一种古老的挑衅意味。讲故事的序列此时又进入互相攻讦的来回里，主持人客栈主急需打圆场，于是，请出了牛津学者。

　　学者的故事发生在文艺复兴发源地意大利，说的是出身贫贱的王后如何经受考验，宠辱不惊，最终赢得国王和民众的敬重。和前面乔叟故事引起的反应相同，他们的故事总是过度美满，和现实生活距离甚远。学者故事里美慧的妻子让在座的感慨万千，为什么就不能让庶民也遇到良人？商人叫苦道："你们不知道，才刚刚结婚两个月，我已尝到了男人们所说的那种苦。"分析社会阶级各阶层的时候，我们已经将学者和乔叟归入同一群体，知识分子，两人都向大家树立了传统伦理的典范，同时呢，引发人心不古的感慨，是不是预示着一个意识形态更新的时代来临了！商人的故事也发生在意大利，学者故事里隐晦的意淫在这里变成公开的通奸，老爵士和随从共享年轻妻子的情欲。商人的故事打开了一个禁区，可是紧接着道统观念来收拾滥局了。随从，就是骑士的儿子，贵族的年轻后裔也讲了一个爱的背叛的故事，是让鹰来演绎角色，结果是改邪归正，重修旧好。这个简单且老套的故事，却耗费漫长的篇幅，繁文缛节，诘屈聱牙，传承了骑士父亲的修辞品味。小地主却等不及了，插嘴要说自己的故事，先恭维一番，表示冒犯的歉意，维护贵族的光荣。他的故事是一个发生在骑士阶层的三角恋，与其说是爱的竞争，不如说是品行的角力。几个来回之后，魔幻师出来摆平，重上道德高地。看起来，讲述回到纲常伦理，战胜了原欲。接下来修女称颂的贞女事迹更强化了观念意识形态，升华为神圣信仰，遗憾的是虔诚给这位贞女的报偿却是死亡，和先前修道院女院长称颂的那个基督教男孩一样，她也是从断喉中演说"我主的业绩和伟大"，整整三天才合眼。圣徒的命运难免叫人望而生畏，于是，事情不期而然有了转折。教士带了他的随从拍鞍赶到，加入行列。教士随从的故事准确说是对一场骗局的揭露，这场骗局又和他的主人有关，所以，教士很快就又羞又愧地离开了。

骗局的名字叫作炼金。我们应该记得，炼金在雨果的《巴黎圣母院》里出现过，御医和"伙计"，所谓"伙计"更可能是国王路易十一，夜间来访副主教，请教关于健康和本命星的问题，副主教的回答就是"炼金术"——认为进步于医学和星

象学，"只有这里才有真理"，他说，举起一个小瓶子，里面
是万金之祖——铅，经过二百年一期的四个时期，由铅态变为
红砷态，由红砷态变为锡态，由锡变为白银，最终而成的粉末。
这个神秘的过程，在教士随从的口中，不过是将真金、白银、
铜铁、硝石混进狗骨、头发、粪土，塞进陶罐在火上一锅煮，
人们收获的只是贫穷和侮辱。出生于十九世纪的雨果一定读过
《坎特伯雷故事》，所写《巴黎圣母院》发生在 1482 年，要
晚于乔叟的故事一百多年，副主教是不会读小说的，雨果一定
会读，我们大概可以解释为雨果对副主教的嘲弄。这时，队伍
已接近坎特伯雷，走在一个名叫"疙里疙瘩"的村子，人疲马
乏，客栈主威吓食堂采办检举他的假账，压力之下，采办只得
抖擞精神，讲了一个故事。故事的主角是希腊神话中，主管太
阳诗歌音乐的神福玻斯，但这神祇却有着市井小民的遭遇，老
婆出轨，豢养的大鸟透露隐情，他一怒之下射死老婆，再将大
鸟投入火中。这场悲剧得出一个世故的结论，那就是对别人的
私事千万不要多嘴。太阳西斜，旅程即将结束，客栈主请出教
区主管，讲述最后一个故事。教区主管欣然接受，首先声明"不
要指望我会讲一些没用的街头趣闻"，相反，他要讲的是"指
引我们通向完美的圣洁之路耶路撒冷的道德说教"，题目已经
定好，叫作"思想录"。这篇冗长的宣讲词是为众人所作的忏
悔和告罪，洗脱亵渎神明的污名。最后，作者发表一小段"告
辞语"，又一次向天父请求宽恕。经过恣肆汪洋的嬉笑怒骂，
再来这一手，多少有些假惺惺，而且还有一种窃喜，占便宜卖乖。

　　我数了数，包括教区主管的"思想录"，总共二十三个故
事。客栈主担任主持，众筹统辖；后来赶上的教士退出了；修

道院女院长的三位教士中一位名约翰，其他二位无名，可以忽略不计；"颇有资产的自由民"，即服装商、木匠、织工、染坊主人和织毯工，财富提升了他们身份，获得赦免。骑士的跟班胸前佩戴圣徒像章，象征着他守护的职责，即免去开口的义务；还有一位农夫，伴随教区主管身边，"他是他们教区里最最安分守己的一个人"，勤于行讷于言，就放过了。如此计算，单程每人一个故事的计划基本完成。至于归途上的讲述，就需要另成一本书了。单凭这些，也已经显现故事的根性，小说大约就是从此生发，铺垫至今。我们终于要接触这一讲的主题，模型。我们已经看见，这个故事集就像一个大盒子，装进许多小盒子，这些小盒子形状不一，好比七巧板，或者今天的乐高积木，需要镶嵌合适。所谓镶嵌的原则也就是逻辑，将小故事纳入逻辑链，形成一个整体。现在我再特别举出几个单项作实例，看其中有哪些构成因素，这些因素是可持续发酵，也许直到今天都没有退化。

　　按照顺序，第一个例子，骑士的故事。典出希腊神话，略去前情，直接进入核心。雅典王忒修斯打败对手底比斯王，俘虏二位王子，囚在城堡中。二位王子从窗户望见花园里的美人，女王的妹妹艾米莉，一并坠入情网。被他们的苦恋感动，忒修斯王宣布了一项公平竞争计划，得胜者得艾米莉。直至十九世纪末，意大利歌剧《图兰朵》还在沿用规则，只是将武力换做智慧，猜谜，这又来自民间传说"图兰朵的三个谜"。看起来，历来故事都是在套牌中出新，也可略去。重要的是忒修斯王建造比武场，特别设计了三个神殿：战神玛斯，女神维纳斯，贞洁女神狄安娜。爱恋中的三个人，分头向各自的崇拜祭祀。

兄弟中的帕拉蒙的神是维纳斯，希望垂怜他的爱情；另一位兄弟阿赛特祭拜的是战神玛斯，祈求赢得这场战争；艾米莉则去往比武场北门，辟出的小小的神殿，供奉贞洁女神狄安娜，祈祷的是和平——"我愿意你把他们所有对我的爱转移到对方身上"。这场比武的当事人抱着决死的心情，对于王和大众，却是一场表演赛。我想，罗马的斗兽场大约就是这种情形。雨果的《巴黎圣母院》，开篇第一章描写的主显节和丑人节双重并举的盛况就很有点这里的意思。再略去比武的过程和结局，以及阿赛特战死的伤感段落，总之，最终拜维纳斯为保护的帕拉蒙赢得贞洁之女艾米莉，我们大可视作爱情胜过战争。这样的母题，贯穿着人文主义的历史，比如莎士比亚的《罗密欧与朱丽叶》，恋人们殉情而死，受此感召，不共戴天的两大世家，解开宿怨，携起手来。

第二例，水手的故事。巴黎附近小城圣但尼，有一个富有的商人，他要去比利时繁华商埠布鲁日进货，可见他的生意辐射得多么广。商人临行前，将他美丽的妻子托付给家中的常客，年轻的修道士。接下来的事情可想而知，总归是爱情和背叛。在这流行的情节之外又多出一桩，那就是金钱。女人向他的情人借一百法郎，结算服装商那里的赊账，就像包法利夫人的前辈。但是，水手的嘴巴要比后来的知识分子小说家轻佻，把女人说得很是下贱，修道士呢，则是狡猾的。这边给情人一百，那边则向商人借一百，正好轧平，还赚得一夜销魂。商人出手一百，换来的也是一夜销魂，妻子对他前所未有的热烈。前者是情人，后者是老婆，一个女人空手套了一百法郎。算起来，修道士是大赢家；女人第二；商人押尾，最末一名。这一个生意场上的角力，到了莎士比亚的《威尼斯商人》，则演绎成另一番情节。圣但尼的银货交易，在威尼斯进化为金融生意，即高利贷。威尼斯以南佛罗伦萨附近的小城锡耶纳，声称为世界第一家银行的诞生地，可见钱生钱的概念早已经传播意大利。总之，资本市场呈现升级版。水手故事里的精明鬼在此由放印子钱的扮演，即犹太人夏洛克。犹太人在乔叟的故事里也曾出现，就在水手的下一个，修道院女院长的故事——亚细亚城池中专划给犹太人居住地，大约是犹太聚集区最早的雏形。基督教男孩就是被那里的居民杀害，然后从断喉中唱着赞美诗。犹太人的污名化仅仅来自圣经故事似乎不足以解释，但不是我们今天的话题，我只是企图寻找叙事的原始脉络。相对高利贷者夏洛克，商人安东尼奥是道德的典范，富有而正直，代表上升的资产阶级，他的亲密朋友巴萨尼奥则是个没落贵族，安东尼奥就是为了他，和夏洛克产生借贷关系。这里比水手的故事多出一个人物，因此也多出一个环节，就是友情。先将这三个人放一放，我们来看看故事里的女性，鲍西娅。到此为止，她还不是任何人的老婆，只是巴萨尼奥钟情渴望娶回家的姑娘。和水手故事里的那一位不同，她拥有可自主支配的财富，这是保持品行端正的条件，当然，更重要的还是个人的精神境界。这两位天壤之别的女性有一桩事情是共同的，那就是她们都在商战中担任着关键作用，最终解决了官司。前者为自己，后者为所爱之人，前者用的是身体，后者则是头脑。安东尼奥与夏洛克的合同——这里出现了合同，合同约定倘若不能如期归还，便从身体上现割一磅肉抵债，不料想商船沉没，钱财打水漂，真就要兑现承诺了。案子上了元老院高等法庭，看，法庭也出来了！比较起来，教士和商人的口头交易还在市场经济的草莽阶段，到这里却是法制社会了。后来的情节世界著名，鲍西娅穿上男装出庭辩护，要求严格履行合约，即一磅肉，不能带一滴血。抗辩成功，鲍西娅却还不放过，她穷追猛打，反诉夏洛克谋害罪，要求判处没收财产，一半上缴国库，一半赔偿被告人安东尼奥。安东尼奥则表示，如果满足一个条件，他情愿放弃他的一半。于是，旁生另一个故事，夏洛克的独生女违拗父亲的意思和基督教徒结婚，被取消继承权，安东尼奥的条件就是要他接受年轻人的婚姻，同时，如果本人改变信仰，国家就归还充公的那一半。这项附加的判决正呼应了先前的律师的故事。叙利亚商人从罗马带回公主，先被伊斯兰国王娶进宫，后又让王太母驱逐，叙利亚王杀了母亲去往罗马，向教皇请罪，皈依基督教，破镜重圆。结果总是基督教收服异教徒，颇有意味的是，商人总是扮演拉牵的角色。

　　第三例，卖赎罪券的人的故事。三个不信神的无赖青年狂言要捕捉死神，路遇一个破衣烂衫的老头，其实是个先知，通告说死神就在前面林子里——莎士比亚的麦克白和班柯凯旋途中，邂逅的是三个长胡子的女人，所谓真人不露相吧，掌握天机者看起来都很不堪。女人们向二位将军轮番致意，麦克白得到的是"万岁，未来的国王"，给班柯的比较费解，意思是他比麦克白低微，却又伟大，不如麦克白幸运，却有福气！在这矛盾的预言中潜伏着复杂的情节，显然，经过二百年时间，叙事不断在扩充它的容量。阿加莎·克里斯蒂的小说《长夜》，以罪犯自述构成情节，我以为不止是炫技的考虑，更重要的，事件由此笼罩着宿命的气氛。罪犯"我"初涉现场，接连遇到两项警示，头一项是，这地方曾被吉卜赛人下过咒语，第二项直接鸣笛："别与它有瓜葛。"先知们从老奶奶的火炉边走出，从来没有离开我们的叙事，而且越演越烈。麦克白的先知还在追踪足迹，这一回是由戴王冠的孩子扮演，手里举着一棵树，说他永远不会被打败，除非树林子从这里移到那里。可是，树林子真的移动起来，分明天要诛我！其实呢，是对垒的士兵捧着树枝在前进，魔幻还是回到写实。这一情节仿佛也来自坎特伯雷，小地主的故事，年轻人爱上有妇之夫道甘丽，得到的回答是，"如果你能把那个海边七零八落的礁石全搬走的话"，也就是情人之间常说的，海枯石烂，创造奇迹的却是魔幻师。于是，道甘丽陷入忠诚和信义的两难处境。故事生来具有双重责任，既要极尽幻想，又不能背离现实规则。好了，天意已定，就看如何贯彻在命运之中。卖赎罪券的人继续讲道，三个年轻人来到林子里，没有看到老人说的死神，相反是一堆黄金。最大的无赖建议两个人留守，一个人进城买吃的回来，合力将金子搬运到家。小无赖兴兴头头上路，大无赖与二无赖商议杀了那小的，两人对分。那小的野心更大，想的是独吞，于是买了毒药，放入酒坛子，又兴兴头头赶回去。说时迟那时快，后背中刀，那两个则毒酒下肚，三个无赖死光光，害人不成反害己！这种错中错的死亡格式，我想莎士比亚用得最多。哈姆雷特欲杀叔父，死在剑底的却是爱人奥菲利娅的父亲；罗密欧和朱丽叶就更加令人扼腕，朱丽叶的假死被爱人当真，喝下真正的毒药，朱丽叶醒来已无力回天，自刎而死。乔叟笔下谐谑的警世恒言，在莎士比亚的舞台，演绎成王室悲剧，反过来说，莎士比亚的宫廷剧，何尝不是日日上演的坊间闲话？就像张爱玲说的，唐明皇和杨贵妃的故事好比小报的"本埠新闻"。

接下来是帕瑟妇人的自述，应该说，《坎特伯雷故事》里的女人多有不规矩的，但都不像这一个坦荡，公然主张女人性爱的权利，她希望能像君主一样后宫三千，"夜夜欢愉纳新"，是个具有现代意识的女人。《驯悍记》里的凯瑟丽娜，同样傲视陈规，挑战男性中心，但不像帕瑟妇人以纵欲的方式，而是不婚主义，没有一个男人入她法眼，直到遇见一位彼特鲁乔先生。这位先生"以暴制暴"，所以叫作"驯悍记"嘛！新婚第一夜，极似艾米莉·勃朗特《呼啸山庄》里希克历娶回伊莎贝拉当晚的情景，最终的结果，悍妇凯瑟丽娜变成温柔的妻子。我们不能把这看作是对妇德的赞美，相反，大有讽意，证明男人不能用文明征服女人，惟有使用蛮力，回到原始人。但是，我们是否可以将《驯悍记》看作一个象征，似乎自那以后，女性就被驯养成贤良的品质，她们叛逆的精神必定付出沉重的代价，经历折磨。就拿《呼啸山庄》来说，即便狂野不羁的凯瑟琳，为人之妇以后也不得随心所欲，伊莎贝拉勇敢地迈出私奔的一步，结果不得善终。社会早已走出乔叟的中世纪，男女关系的范式越来越趋向定型，但是我们依然可以窥伺帕瑟妇人的影子。十九世纪法国作家梅里美有一部小说《伊尔的美神》，说的是年轻人婚礼前夜，无意中将婚戒套在一具青铜神像的指上，不料想再也摘不下来，最后被铜像活活压死。颇有意味的是，这具铜像是考古学家父亲新近的收获，不知道在地底下埋藏了多少年，是古代的神祇。当代意大利小说《那不勒斯四部曲》里的莉拉，也得了帕瑟妇人的遗韵，这一个寓言在此繁衍出大规模的人和事，被赋予人类社会的精神理想，可见出基因的活力。

　　第五例，小地主的故事，先前提及的岩石沉海就是来自这里，但故事的主体部分更富有趣味。简而言之，骑士远行，留下妻子道甘丽，邻居青年奥雷留斯爱上了她，道甘丽的发愿在魔幻师的施法下也实现了，接下来的事情就是如何践约。骑士认为贞操固然重要，但是失信却更折损名节，所以他愿意成全二位。骑士的高尚触动了奥雷留斯，映照出自己"过于卑劣和无理"，决定放弃权利，让道甘丽回去丈夫身边。到这里，爱情退位其次，两位情敌比拼的是品行，而道甘丽则上了一堂德育课，那就是奥雷留斯的临别赠言——"以后绝不要再轻易地对别人许下诺言"。他们的开阔胸襟又感动了魔幻师，他情愿退出酬金，就当什么事都没发生过地消失了。情节从起点出发，再回到原点，其实性质已经改变，颇像卡尔维尼编集的意大利童话中的一则。野兔在草地上跳跃，狐狸问何事高兴；野兔说他结婚了，狐狸说可喜可贺；野兔说新娘是个悍妇，狐狸表示同情；野兔说可是她带来了嫁妆，一座大房子，狐狸又说可喜可贺；野兔说房子被一场火烧了，狐狸再表示同情；野兔说，老婆也一并烧死了。这样的结构用哲学的说法，是否定之否定，运用于叙事，可谓螺旋式上升。就这样，骑士，妻子，青年，三个人又回到各自的生活，可是已经丢开私欲，抵达精神境界。十九世纪英国作家哈代有一篇小说《挤奶女的罗曼史》，挤奶女无意中挽回了主人的生命，主人答谢她一场上流社会的舞会，可以想象，姑娘爱上了绅士，结果怎么样呢？主人给挤奶女一个资产阶级式婚姻，新郎却是她原有的未婚夫，各就各位，从此过着幸福的生活。英国小说最常见这样的格式，可能是同属一个基因组系列。

最后的举例是食堂采买的故事，几乎一对一地对应《奥赛罗》。只要将太阳之神福玻斯换成战将，摩尔人奥赛罗，福玻斯的妻子换成苔丝狄蒙娜，那挑拨离间的大鸟则由阴谋家伊阿古担任，事情就成了。当然，莎士比亚的人和事要丰富许多，在相仿的框架里，还有内容的差异。方才说过，乔叟笔下多是荡妇，有一颗淫心，包括这里的，福玻斯的爱妻。大鸟说的是事实，错误在于舌头太长。帕瑟妇人们经过百来年的文明教化，已改邪归正，脱胎苔丝狄蒙娜，可是依然改变不了悲剧的下场，妒忌真是把杀人的刀。

以上六个故事占总数二十三个故事的约四分之一，应该说是显证，希望能够解释我对叙事模型的主张，就是说，在一个有效的器型中，可容纳的叙事可千变万化，层出不穷，这大约也可称作小说的经学。

二〇一九年九月十七日、二〇日讲于浙江大学
二〇二一年二月十一日整理于上海

第三讲：禁忌

"禁忌"，在这里是作为小说情节的条件提出。故事往往从禁忌中发生，越严格的纪律，越有机会产出情节。这大约也可部分解释，现代小说叙事的稀薄。技术爆炸解放生产力，社会物质激增；民主革命瓦解阶级，均衡贫富，男女平权；启蒙运动则觉醒民众，建设起意识形态普世价值。世界似乎打破了所有边际，畅通无阻，人物还有什么阻隔需要克服和超越呢？现代心理学给了一条出路，那就是人格障碍，但人格不还是源于环境，由经验塑造成型？差异取消，社会规范向个体不断让步，降低制约力，个人意志无限扩张，想做什么就做什么。过度的不节制的自由带来选择的困难，就像身在一个大超市，任何需求都预先准备着满足，可是却没了欲望。你到底要什么？现代小说很显著的特点是缺乏外部的对抗，自己和自己较劲，精神病学上阵了。精神病学其实是赦免合理性的，它合法地规避了事物的因果逻辑，是另一路的魔幻。当我们读推理小说的时候，最担心的事情就是将罪行推诿给一个精神病人，前面所有的期待都落空了，因为疾病给出特权，他想做什么就做什么。而到了严肃小说，自我对抗的故事又多是简单和重复的，因为资料有限，不外是童年阴影，人生创伤，基因的发现又增添家族史遗传。当我们与外界隔离，孤立存在，故事的资源可说就断流了。在我看来，讲故事是小说的伦理。这看法也许太古典了，不适合用来解读现代主义小说，可我真以为现代主义给小说出了难题，它试图改变小说的命理，那就是我们上堂课讲到的，坊间闲话，世故人情。所以，就让我们回到小说的古典时代，看一看那时候的故事如何使用"禁忌"的杠杆，发生、进行、最后到达目的地。

我曾经听一位从事文学理论的同仁谈越剧《梁祝》，他将其中爱情的悲剧元素筛去贫富差异、家长威权、婚姻制度，新设定为"契约"精神的守和失，认为祝家和马家早有婚聘，应该遵守，真让人打开眼界。契约是伴随近代资本主义产生的概念，以此肢解这个口口相传无数年代的凄美传说，在看似通顺的表面之下，其实是新伦理嫁接了旧条件，俗话说，没有规矩不成方圆，脱离原有的限定，收拾不起来局面的。这也是故事的严格性，它必须因时因地而因变因果。当我们阅读故事的时候，还是要假定回到特定时空里，否则，一切不复存在。

现在，我们可以进入正题，佐证"禁忌"的重要性。我选择的文本，《傲慢与偏见》，在这部小说中，最大的"禁忌"我确定为：嫁妆。没有嫁妆的女儿，结婚的希望几乎为零。当然，这只是某个阶层的禁忌，他们继承祖业的领地和庄园，住在乡间，即便财产萎缩，家道中落，可是依然保持着昔日的体面。倘若在伦敦，百货大楼的女店员，电话公司的女接线生，洋行的女秘书，最不济是工厂的女工，多半不会受此禁忌约束，遭遇异性的机会多，也无历史负担，前提是自己有一份收入，即独立女性，代价是堕落的风险，那就是另一个故事了。直到今天，英国还有"城里人"和"乡下人"的差别，但概念恰恰和我们相反——如果我们看过阿加莎·克里斯蒂的《尼罗河上的惨案》，我指的是小说而不是电影，了解凶手赛蒙的前史，就会明白这一点。赛蒙是个"很穷的名门子弟"，是"小儿子"，这是禁忌中的又一个内容。英国的遗产法是长子继承，没有出嫁的姐妹只能依傍兄弟的家庭生活，所以维多利亚小说里会有那么多的老姑婆。不说远，只说近，热播的电视剧《唐顿庄园》，唐顿家没有儿子，就只能在族系中物色一个男性继承人，再设法嫁一个女儿给这名表亲，才能保住庄园。赛蒙是个男人，必须自己谋生，就在伦敦商业区，用恋人杰奎琳的话，"一家闷热的事务所里工作"，这可是白领，我们有多少都市丽人剧啊，都是领风气之先的人生。可是，赛蒙喜欢乡下。

就像方才说的，这项婚姻的禁忌，对于城里人也许构不成戏剧，只有在乡下人中才能够衍生叙事。简·奥斯汀就是生活在乡间，有人说，简·奥斯汀的所有小说就是解决一个问题，如何将没有嫁妆的女儿嫁出去。那个时代，英国乡间生活着许多女性写作者，我曾去过温切斯特，简·奥斯汀度过最后日子的那个地方，大教堂里陈列着她短暂的简朴的生平。让我注意到的是，教堂的一侧，有名有姓的家族专用礼拜座席，有一块木牌，特别注明其中有一位女作家，与奥斯汀同时代，和《简·爱》作者夏洛蒂同名，却不见经传。湖区旅馆免费提供的景点宣传品，也有一位女性作家的故居。在英格兰腹地漫长的时光里，寂寞的闺阁，绣花一般千针万线，书写着永远不会降临的传奇。简·奥斯汀的人物，没有水晶鞋，绕不过现实处境，需要面对艰难时世，谢天谢地，结局还算不错，虽然称不上传奇，但可以算作喜剧吧。总而言之，女儿们都嫁出去了。

　　就这条婚姻禁忌来说，班纳特家可说是困难户了。首先，他家有五个女儿，可想而知，嫁妆的负担有多么沉重。更要命的，他家没有儿子，和《唐顿庄园》一样，所继承来的财产附加条件是，必须给儿子，如果没有，就要依亲疏顺序传给族内最近血缘的男丁。然后我们盘点一下班纳特的家当，按小说中写，"全部家当几乎都在一宗产业上，每年可以借此获得两千镑的收入"，太太那边呢，做律师的父亲给了四千英镑遗产，很可能也是作为附加条件，在父母大人百年之后，从中可支出每个女儿一千英镑，年息四厘；再则，当老五莉迪亚和韦翰先生私奔，达西追赶过去，和韦翰谈判，迫使韦翰娶莉迪亚为妻，条件是承担这浪荡子所有的债务，同时由孩子舅舅出面，说服班纳特先生提早兑现一千英镑，并且在生前每年津贴一百英镑——这一条透露出一个信息，那就是，班纳特先生对财政保持支配权的有生之年里，还挤得出一点油水——如此这般，拼凑出一份嫁妆，马马虎虎还过得去吧！小说开篇之际，"有钱的单身汉"彬格莱先生住进豪宅尼日斐花园，顿时众声喧哗，遍地生烟。这位"阔少爷"的身价为"每年有四五千英镑的收入"，注意，不是四五千英镑的总资产，而是四五千英镑的年息。以这标准，参照班纳特小姐的嫁妆，我们大可划分出贫富的等级线，也可看出简·奥斯汀时代的经济实况。总起来说，班纳特家的女儿，虽非富贵，但也不至于一无所有，婚姻的希望不能说有，也不能说没有，呈现出闪烁的状态，事情就变得微妙了。"禁忌"在什么程度上生效，又在什么前提下变通，既是小说的情节构成，还是趣味所在。

现在，我们来看看班纳特家的亲属关系。先说班纳特太太那头，有一个妹妹，妹夫原是岳父的书记，后来继承事业，在镇上开一家律所；一个弟弟，住在伦敦，经商很成功，为人也很正派，外甥女莉迪亚的烂摊子，达西收拾起来，就是由他出面向姐夫交代的，这一点和中国相仿，"老娘舅"是家庭事务的仲裁人，他的年轻太太，和班纳特家二女儿伊丽莎白交情厚密，称得上闺蜜。这些人物，都将在故事里担纲情节。班纳特先生这边显然人丁不旺，能拿出来说事的，只有一个表侄，中国人说，一表三千里，不知道绕多少弯了！可是却十分重要，那个将接受班纳特家遗产的合法继承人就是他。

距离班纳特家不远，住着威廉一家，在人口稀疏的乡下，称得上是近邻了。威廉·卢卡斯，出身生意人，曾经做过地方官，蒙国王授予一个爵位，于是隐退到村子里。他家也有好几个小姐，最长的那个已经二十六七岁，对于未嫁的女儿，实在是个等不得的年龄了。此外，附近开来一个民兵团，司令部就驻扎在镇上，那些军官们成了班纳特太太的妹妹府上的常客，她的那些姨侄女很快就和他们混熟了。这就要说一说地理位置。

驻军的镇市名叫麦里屯，是这一片的中心，班纳特太太的父亲原先就在这里做律师，后来，二女婿腓力普先生的律所也开在这里，威廉爵士最初的生意在这里起家。从麦里屯出发一英里远，是班纳特家所在的浪博恩村；威廉爵士隐退的居所也在不同方向的一英里处，他将这地方起名"卢家庄"；众目所望的尼日斐花园和浪博恩村距离三英里，伊丽莎白去尼日斐花园看望生病的大姐，和两个妹妹同路，然后在麦里屯分道扬镳，从麦里屯起计，就是两英里。

　　说到尼日斐花园，顺势引出彬格莱先生。彬格莱是英格兰北部的体面家族，老彬格莱是个商人，原计划购置田产，可惜未能实现便去世了。留给儿女的财富相当可观，两个女儿各有两万英镑，儿子则十万英镑，前面说的年收入四五千英镑应该就是十万英镑的息率。两个姐姐期待他购置产业，我想，不止是为继承父亲未竟的遗愿，更是改变生意人的出身，做一个乡绅，也就是"乡下人"。"乡下人"意味着拥有恒产，可供继承。《唐顿庄园》里，大女儿玛丽和暴发户未婚夫说：你们是买，我们是继承！毫不掩饰轻蔑的心情。彬格莱小姐们的乐事就是奚落班纳特家的低微亲戚：姨夫在镇上开律所，舅舅呢，住在伦敦，而且是在齐普赛附近。齐普赛在一六六六年伦敦大火之前，是露天集市，到了简·奥斯汀时代，承袭旧业为商贸街，以珠宝和绸缎的交易著名，言下之意这位舅舅是一个生意人，说这样的话的时候，仿佛全然忘记他们彬格莱家的钱从哪里来的。这就又是一个小小的禁忌，律师、商人，在乔叟时代的自食其力的自由民，到十九世纪也没有咸鱼翻身，一直在社会中下层。

　　年长的彬格莱小姐已经出嫁，成为赫斯脱太太，这位赫斯脱先生看起来也没有多少家财，小说称他为"穷措大"——这个词用得很妙，它来源于五代南汉笔记《唐摭言·贤仆夫》，笔记载录唐代贡举的人和事，"贤良方正"是为选拔科目之一，当然是个褒义词，但具体到此篇，"而孜孜事一个穷措大，有何长进"，大有讽意。这个词很古，不知道原文用什么词，也不知道其他译本怎样形容的。我用的是上海译文出版社王科一译本，王先生为一九二五年生人，一九六八年去世，终年仅四十三岁，他的行文我以为颇合乎简·奥斯汀的风格，即古雅又谐谑。好，嫁了个"穷措大"的彬格莱小姐，倘若弟弟有份不动产，就可以为他掌管物业。契诃夫的戏剧《万尼亚舅舅》，万尼亚舅舅就是替姐夫打点田庄，这里是倒过来，姐夫给小舅子打工，但不外是家族内部资源调剂。那个未出嫁的彬格莱小姐，也许免不了做老姑婆，在亲姐姐的荫庇底下生活，到底理直气壮一些。可惜年轻的彬格莱先生并不热心置产立业，有个使用权就可以，听说有一处尼日斐花园吉屋有租，过来看看，当场下定，转身搬进来，啼笑因缘就此开头。

　　彬格莱先生来到不久，睦邻友好的第一场舞会，就呈现出男女失衡的形势。首先表现在数量，女宾大大超过男宾，以至于先生们跳个不停，小姐们却少不得空坐一场两场。其次是在质量，男宾中有明星人物，彬格莱先生，每个小姐都以与他跳舞为荣，班纳特太太甚至记下他每一场的舞伴，由此推算惟有她的大女儿吉英，被邀请了两轮。再次，则在热情度上，已经稀缺的男宾，其中还有一位别扭的达西先生，他只跳了两场，此外就是踱来踱去，加剧了量和质的不平等形势。从班纳特太太向先生列数的舞伴的轮次，就可见出竞争的激烈：除了自己家的大小姐二小姐，威廉·卢卡斯家的长女次女，还有"金小姐"，布朗谢家的姑娘，倘不是被打断，不知道要报出多少名待嫁女儿。

　　班纳特家形势可谓严峻，同时又有两线希望，小说家就好比上帝，堵死一扇门，要打开两扇窗，否则事情怎么进行下去？班纳特家的希望之一是彬格莱先生，舞会上他邀请大小姐吉英多过别人一次，而且也流露出倾心的意思，可是这里又出来一个困难，那就是班纳特太太的粗鄙，很难让人忽略不计，用她自己的话，"一个女人家有了五个成年的女儿，就不该想到自己的美貌啦"。所以，也是可以同情的。希望之二是班纳特先生的表侄，法律继承人，柯林斯先生出场了。柯林斯先生是一名教士——我们在《坎特伯雷故事》里见识过两位教士，一位供职修女院，被称作"专听修女们秘密的教士"，另一位是炼金师，被随从羞辱，仓促逃离队伍，两位的名声都不怎么样，在乔叟的时代，也许更早，教士就是人们嘲弄的对象。四百年过去，这一位呢？是个不折不扣的蠢材，先天的缺陷再加后天失调，父亲是个文盲守财奴，倒送他进了大学，结果染上自高自大的毛病。糊涂人有糊涂福，受当地已故公爵遗孀咖苔琳夫人提拔，出任所在教区的教士。复活节受了圣职，随即赶到班纳特家来查验他将继承的财产，并且计划在班纳特小姐中物色一个妻子，教士恰恰看上二小姐伊丽莎白，如是这般，大的二的按序出手，余下的三、四、五，便指日可待。可惜，天不遂人愿，这带有恩赐性质的求婚先不要说是一种羞辱，又是这样不上台面的人物，莫说入伊丽莎白法眼，几个妹妹都不耐烦这位表兄。不过，这一趟没有白来，因为，威廉·卢卡斯的长女，夏绿蒂小姐立即接过了绣球。后来，伊丽莎白去看望昔日的闺蜜，只见那一所牧师住宅打理得井然有序，显示出主妇的聪慧，其中包含对丈夫的容忍。中国古人将女子出阁称作"于归"真是相当有道理，夫家才是自己的家，出阁前的日子都是客居，夏绿蒂小姐可谓"宜其家室"的典范。回到班纳特家，眼看到手的姻缘擦肩而过，更不幸的是，就在同时，尼日斐花园的一伙人又撤退了，于是，彬格莱这个金龟婿也没了指望。

第一个回合结束了，禁忌刚刚破开缺口又闭上了，接下去还有什么转机呢？

这些乡绅的女儿们，过着足不出户的日子，她们不像简·爱，或者简·奥斯汀自己，前者是孤女，后者家境清寒，去做家庭教师，其实是类似"女伴"一样的身份。阿加莎·克里斯蒂的小说里，常常让"女伴"担任罪犯的角色，最不会触犯阶级伦理。从另一方面看，这类女性又最有可能接触社会，开拓社会面，因此常常成为故事的核心。夏洛蒂·勃朗特的《简·爱》最著名，亨利·詹姆斯的《螺丝在拧紧》、维多利亚·霍尔特的《千灯屋》《梅林山庄的女主人》、达夫妮·杜穆里埃的《吕蓓卡》《牙买加客栈》，等等，我们用心搜索，可以列出一长串目录。相比较之下，班纳特家女儿的处境就尴尬了。一方面要保持大家闺秀的体统，再一方面，菲薄的家业又不至于成为同等阶层婚配的对象，她们只能坐等，可是天上不会掉馅饼。这也正是成年后走入社交圈的用意，但她们都不是名媛，仅仅社交圈是不够的，还要后天努力。简·奥斯汀既然决定把故事讲下去，就必须给她的人物创造条件，让她们合法正当地走到户外。

仔细追究，班纳特小姐的几次出门都关乎命运。第一次，大女儿吉英受邀到彬格莱府上，即著名的尼日斐花园，途中遭遇风雨，这个意外正在班纳特太太意中，简直就是响应她的召唤，显然她很明白走出去的重要。吉英生病滞留客中，二女儿伊丽莎白再去探望，就是在这段客居中，吉英和彬格莱先生增进感情，伊丽莎白呢，和座上宾达西开始正面接触，"傲慢与偏见"由此开局，生发事端。

第二次，就要说到她们的舅舅、舅妈，这一个品行端正的商人，有一位性格活泼的太太，前面说过，是外甥女伊丽莎白的闺蜜。柯林斯被邻家女钓走，彬格莱一家则离开尼日斐，这个暗淡的日子里，班纳特太太的娘家亲戚来过圣诞节，将吉英带去伦敦。暂时来看，去到伦敦，只不过证实了彬格莱先生的放弃，但却也意味着他们关系尚在继续，凡是爱情都要经历波折的。同时，还引出第三次出门，那就是伊丽莎白接受夏绿蒂小姐，此时的柯林斯太太的邀请，造访他们的新家。

伊丽莎白随夏绿蒂的父亲和妹妹同行，路经伦敦，和姐姐吉英见面不说，舅妈还预定了夏季的活动，游览湖区。走出去这件事，有了第一次，第二次第三次便接踵而来，仿佛鸡生蛋蛋生鸡。相比在舅妈家的温馨愉悦，柯林斯家简直不值一提，当然，目睹婚姻中的夏绿蒂，那一种气定神闲的表情，我想，对伊丽莎白多少会有些触动。但千里万里来到柯林斯家，应该还有更重要的际遇，简·奥斯汀对她创造的机会一定要用足的。很快，一位重要人物，柯林斯先生的施主咖苔琳夫人出场了。这位夫人倒是和伊丽莎白挺能对得上话，彼此都有些兴趣，因为事先知道夫人是达西的姨母，抑或出于一种特别的关注，伊丽莎白在夫人脸上看见了达西的影子。很自然地，他们邂逅了，就在这次邂逅中，她得到达西的求婚，然后拒绝了。

接着，先前约定的湖区计划来临了，由于舅舅生意上的事务，延宕了出发时间，于是缩短日程，改远道为近途，恰巧就到了达西的地盘上。达西不在家，她们在管家的引导下参观了庄园。这一幕很有诗意，在他们唇枪舌剑的交往模式中，开辟了一个静谧的温馨的时刻，放下戒备，排除干扰。伊丽莎白好比走入达西的前史，又像是走进他的内心，生出知己的心情。之前的出门都是走亲访友，此一时则是休闲漫游，意味着社交圈扩容，人物关系随即升级，向浪漫的爱情转化，但却不足以释解"傲慢与偏见"，这是达西和伊丽莎白之间独有的禁忌。这个禁忌虽然来自道统社会，但被两人的性格强化，形成壁垒。但从另一方面看，壁垒又是一种默契，意味着亲密关系的建立，否则如何解释这对垒不在别人，而在他和她？中国人有句老话，逆水行舟不进则退，事态到了关键时刻，就需要一个突破性的事件。中国人还有一句老话，万事俱备，只欠东风。是造化成全，准确说，更出于作者的苦心经营，契机适时来临。

　　契机是由丑闻的方式呈现的，最年幼的班纳特小姐莉迪亚和人私奔了。莉迪亚时年十六，距婚龄尚有余裕，况且上面还有四个未嫁的姐姐，所以不在众人视野之内，可谁挡得住后来者居上？这可以算作班纳特的女儿们第五次走出去，这一次和以往不同，它带有警示的作用，警示走出去的危险。前面说过，附近驻扎一团民兵，司令部就在距离班纳特家一英里路的麦里屯镇，军官总是吸引年轻女孩，彬格莱先生方才惊艳一瞥，可是，小说写道："如今跟军官们的制服对比起来，她们就觉得偌大的财产简直一钱不值了。""制服控"里除去性感的因素，以及欧洲贵族征战传统的阶层观念，大约还有英国开拓海外殖民地给予军人的特殊荣耀。莉迪亚私奔的情人韦翰，曾经成功勾引达西的妹妹，倘若说这两位小姐年幼无知，可是，头脑清醒的伊丽莎白不也受到蛊惑，信了他的鬼话吗？所有这一切又让军官成为最浮浪的一族，他们往往是纨绔的代名词，行事荒唐，处处造孽。班纳特家的四姑娘五姑娘与军官们的热火早已经让人不齿。总算下达了军队开拔的命令，可是团长的年轻太太却向莉迪亚发出邀请，与他们同行，好了，祸根就此种下。

　　伴随数次出门，逐渐靠近上流社会的核心，禁忌其实在悄然松弛它的严格性，关闭的门窗闪开缝隙，此时又一次砰然紧闭。第二个回合结束了。不说别人，单说伊丽莎白，面对达西，不禁骄傲全失——"她对他的魔力一步步在消退了；家庭这样不争气，招来了这样的奇耻大辱"。班纳特家名誉尽毁，莉迪亚自甘堕落，罪有应得，无辜的姐姐们受此牵连，不会有好姻缘光顾了。现在，我们再次分析一下这些人物的阶级属性，班纳特，威廉，彬格莱，全是经商出身的资产者。这是一个微妙的阶层，阿加莎·克里斯蒂小说《尼罗河上的惨案》里，有一位阿勒顿太太，贵族出身，家道中落，走在下坡路上，却依然保持着光荣的观念，她审视同船的旅客，对具有社会主义倾向的左翼青年的评语是，"我们的反对资本主义的盟友"，多么有趣的一句话。因此，这个新生的阶级格外重视名誉，遵守既定规则，力争纳入上流社会。威廉爵士的爵位是后封的，彬格莱小姐特别忌讳提到财产的来源，所以，别指望他们中间出来白马王子，拿着水晶鞋寻找灰姑娘；也别指望产生安娜·卡列尼娜，抛弃身份地位追求爱情，安娜已经拥有的正是班纳特的女儿们渴望得到的，当然，伊丽莎白是个例外，无奈她命不济，心比天高，却样样事情与她作对，大概只有一个力量能救她出禁忌的窠臼，就是爱情。

　　达西是这群资产阶级人物里的精英，伯祖父曾任法官，属国家机器成员，舅父有爵位，这是政治背景。从家世看，伊丽莎白观光的彭伯里大厦就是证明，画室壁上列祖列宗的肖像，也证明历史渊源。财产更不消说了，父亲留给他一年一万英镑收益，请注意，是收益，不是本金，他的妹妹达西小姐则是三万英镑财产。这一对钻石级兄妹无疑是众所觊觎的婚姻对象，韦翰，彭伯里庄园管家的儿子，也是老达西的教子，他对达西小姐下过手；彬格莱小姐极力替哥哥和达西小姐拉纤，自己则想嫁给达西，所以不遗余力作梗彬格莱先生和吉英；咖苔琳夫人，也要把女儿嫁给这个姨侄，不惜放下身段，上门找伊丽莎白，强令她退出竞争："你难道不知道，他跟你结了婚，大家都要看不起他吗？"也是仗着自己的年龄和身份，直截了当地说出禁忌，简直是刀兵相见，利刃出鞘。四面受敌，伊丽莎白能不能胜出，就看达西对她爱得够不够。

　　事情走到这一步，严苛的写实开始向浪漫史转化。达西真成了白马王子，莉迪亚方一事发，即拍鞍赶到，威逼利诱，迫使韦翰娶进莉迪亚，将一桩通奸案变成合法婚姻，遏止了事态。他还从旁促成彬格莱和吉英的恋爱，原先就是因为他的劝告，彬格莱才离开心上人。他用行动向禁忌挑战，破除壁垒，牵手伊丽莎白。王子捧着水晶鞋走遍天下寻找灰姑娘，在这里落实成具体的公关，财力物力变通，就这样，古典童话摇身一变为现世小说。结局依然是"最后两人过着幸福的生活"，也许小说终究是成人的童话，但它当然要求着更合情理的条件。

　　达西蔑视禁忌，自有先天的优势，他比那些资产阶级有底气，有实力，政治正确。话这么说，事实上，不同样是成规中人？

他撺掇彬格莱离开吉英，他对彬格莱一家的不屑，他解决莉迪亚的窘况是让韦翰明媒正娶，而不是采取默认的态度，所以，达西不是反抗社会的自由思想知识分子，只是因人而异，就是他爱伊丽莎白。爱情改变一个人，只是一句说辞，具体到人和事，就不那么简单了。总之，我们的问题来了，伊丽莎白靠什么反转形势，变不利为有利？纵观前后，伊丽莎白除了一千英镑嫁妆——这一千英镑嫁妆在达西的一万英镑年收益跟前，沧海一粟都算不上，再无其他，可说两手空空，没有外援，周围都是拆台的人，惟有一点，性格。好比灰姑娘惟一的财富就是美貌，性格却是要比美貌的内容多得太多。

　　我想，具有征服力的性格，最重要的一条是自尊。自尊是需要禀赋支持的，比如好的头脑。小说中写，"她比她姐姐的观察力来得敏锐"，她窥得出，彬格莱家姐妹虚荣浅薄，空有一副绣花皮囊，所以就不巴结，交往中保持从容不迫的风度；她步行三英里赶往彬格莱府上探望生病的姐姐，泥水满身地进门，面对一屋子嘲讽的眼光，却镇定自若；她拒绝柯林斯先生的求婚，并不介意闺蜜接棒，坦然造访新家；相处咖苔琳夫人，也毫无怯意，不卑不亢；她还蹬了达西，这可是惊天动地的一举，别人都巴不得呢，可她弃之如敝屣。并非故作矜持，要来一场拉锯战，以巩固对方的决心，也不真正因为韦翰的挑唆影响，而是达西的示爱中不加掩饰的救世主姿态。这一场针锋相对的言辞往来，可说尽显"傲慢与偏见"，两个骄傲的男女，对了，"自尊"能使人祛除杂念，变得轩昂，舍得一身剐，能把皇帝拉下马，于是，"偏见"便破除了迷信。所有人里面，大概只有两位能够认识伊丽莎白的魅力，一个是她的父亲，班纳特先生是这一家里的清醒者，二女儿的头脑一定遗传他。我以为整部小说其实是以他的旁观叙述，也是作者简·奥斯汀的眼睛，带着不动声色的讥诮。另一个则是达西的姨妈，咖苔琳夫人，她亲自出马与伊丽莎白谈判，可见她很清楚遇到了怎样的对手。甚至，我觉得她比达西还了解这"小妮子"的厉害，料到她一定能得手。这一招多少是失态了，但也能看出夫人放得下身段，像达西的为人，一家人不说两家话，作者犀利的眼睛也没漏掉。

在此，我想提醒大家，莎士比亚的喜剧《无事生非》里，培尼狄克和贝特丽丝，也是一对伶牙俐齿的主儿，嘴头上不肯饶人，见面就怼，培尼狄克给贝特丽丝起的称呼"傲慢小姐"，似乎是伊丽莎白的前身呢！这样由爱生恨，再由恨生爱的模式，我们中国人叫作"欢喜冤家"，是可应用在无数爱情故事里的。简·爱和罗切斯特不也是从辞令大战开始的？我相信简·奥斯汀一定读过莎士比亚的戏剧，那是如同叙事的原典，有哪位文学爱好者会错过。夏洛蒂也极可能读过简·奥斯汀，女作家总是青睐女作家。培尼狄克和贝特丽丝是在亲王设置的圈套里翻转关系，好像尼伯龙根的指环，那也是个童话的时代，到简·奥斯汀，就要增添社会内容了，尼伯龙根的指环魔力必将落实于生活常态。

无论性格的力量有多么强大，依然不能否认伊丽莎白的好运气，她遇到的是达西，每年有一万英镑的收益，有条件忽视女方的嫁妆。换了他表弟费茨威廉上尉，一个伯爵的小儿子，没有继承权，用上尉的话说，"小儿子往往有了意中人而不能结婚"，上尉又说："除非是爱上了有钱的女人。"因此，这

"禁忌"其实出自经济学的概念，也因此，突破"禁忌"的藩篱单是爱情至上不够，还要有钱，恰巧达西两样具备，有情人终成眷属。

让我感兴趣的是故事的结局，在小说最后第六十一章，通常所谓"从此过着幸福的生活"。班纳特所有的女儿都有了归宿，老大和老二无须细说；老五莉迪亚，不管实质如何，总归嫁了出去；余下两个，三女儿曼丽是个学究型女性，历来对男女婚姻缺乏热情，倒可以让父母少操一份心；四女儿吉蒂，书中说她"最受实惠"，因为有了两个姐姐的社交圈，可以接触到高尚的人物，不愁钓得金龟婿。于是，班纳特太太，"说来可喜，她后半辈子竟因此变成一个头脑清楚、和蔼可亲、颇有见识的女人"，正响应了她先前所说："一个女人家有了五个成年的女儿，就不该想到自己的美貌啦。"尽管如此，彬格莱先生和吉英，虽然两人性子都很温顺，"可是夫妇俩都不大愿意和她母亲以及麦里屯的亲友们住得太近"，就搬到另一个郡去了。但跑得了和尚跑不了庙，终究不能完全排除干扰，莉迪亚时不时地向二姐伊丽莎白索钱索物，大姐那边，一住下来就不肯走，成为新一轮"穷措大"，好像"穷措大"这类人物是按比例分配的，每个好家庭都会有一个。伊丽莎白呢，和小姑子相处融洽，成为一个贤良的嫂嫂，原先的锋芒只用于和达西的对嘴，"活泼调皮"。颇有意味的是咖苔琳夫人，经过一阵子断绝往来，又开始续上亲戚关系，小说是这样写的："尽管彭伯里因为添了这样一位主妇，而且主妇在城里的那两位舅父母都到这儿来过，因此使门户受到了玷污，但她老人家还是屈尊到彭伯里来拜访。"看起来，禁忌遭遇过一次颠覆以后，很快就平息抵抗，回到原有的秩序。

　　不难看出，皆大欢喜中流露出来的讽意，"活泼调皮"，谐谑的风格。就像前面说的，班纳特先生的旁观立场，顺便说一下，二女儿的出嫁让他十分不舍，所以经常前去看望，成了彭伯里的座上客——他始终笑看世人，莉迪亚闯了这么大的祸，也不顶着急，舅舅来信告诉搞定了，作为父亲的直接反应不是释然，而是觉得蹊跷，因为"一个头脑清楚的人是不会跟莉迪亚结婚的"。通常人们都会从人物中挑选作者的影子，通常也会选伊丽莎白当作简·奥斯汀，我却以为是班纳特先生，他的眼睛后面，分明是简·奥斯汀的眼睛，带着嘲弄的笑意。正是这一点，将她的小说和后来的维多利亚时代的小说区别开来，没有坠入伤感主义的传奇，那可是女作家的窠臼。

二〇一九年九月二〇日讲于浙江大学
二〇二一年三月二十八日整理于上海

第四讲：阶级

阶级是人类文明历史的构成要素，十八、十九直至二十世纪现实主义文学，无一不是从这里生发。服从与反抗，冲突与和解，上升和下滑，破壁而出归去来兮，无论辐射到多远，追其究竟，总是回到社会分层的根源。今天我要说的《贝姨》，形势要更为复杂一些，巴尔扎克这部小说，是假定发生在一八三八年巴黎，法国大革命之后四十四年——通常将大革命起始定作一七八九年，终结于一七九四年，前后五年，比起四十四年是短促的，但时间有质量的差异，不能单纯以自然长度计算。有些时间是集前后之大成，厚积薄发，像河水的湍流，能量持续发酵，绵延很久。我以为二百多年后的今天，巴黎人身体里还有着大革命的遗存，他们动不动上街游行，挑战现行体制，颠覆现有规则，他们热爱广场集会，大小事都联系得上自由民主。但时代到底在变化，国家机器系统越来越过严密，于是，这些群众运动也日渐缺乏实质性内容，接近行为艺术，价值更体现在象征意味。然而，一八三八年可今非昔比，它还在宏大叙事的余韵中，阶级的壁脚已经松动，历史的壁脚也松动，烂成腐土，腐土里生出菌群，物种变异，脱胎新人类！小说以"贝姨"取名，显见得贝姨当推头挑，但是我们暂且将她放一放，先来看看周边的配置。小说人物众多，就像会繁殖似的，层出不穷，而且关系纠缠，牵丝攀藤，我努力厘清，做一下归类，大致归成主要的三对，企图覆盖其余。

第一对，克勒维尔和于洛男爵。

塞莱斯坦·克勒维尔，原先是杂货铺的大伙计，娶了乡村磨坊主的女儿，接受庞大的遗产，得以买下老板的整个营业资产，然后从某种渠道任命国民自卫军第二军团上尉。二伙计博比诺也是个人物，自己开一家药铺，克勒维尔原本是要把女儿塞莱斯蒂娜嫁给他的，那么如今就是子爵夫人，因为其时博比诺在商业部任职，得了封爵。怪只怪克勒维尔眼光短浅，想和于洛男爵攀亲，于是，博比诺转身娶了老板的千金。小于洛是一名律师，还做了议员，正等着有一天当上部长，给岳父大人授个荣誉团二级勋位和巴黎市参议员坐席。说起来前途有望，但却抵不住家道衰落，又养成挥霍的习性，胖手胖足挣来家业的克勒维尔岳丈，不得不提高警觉，扎紧钱袋子。这些市井之流的升迁和发迹，虽然没有详细的交代，但也可推测是得大革命的福利。推翻帝制，走向共和，阶层的垂直性倾斜，朝野颠倒，财富漫流，潮汐推上河滩的小鱼小虾，就够他们钵满盆满。相比较之下，于洛·德·埃尔维男爵的身世就要显赫得多，自一八〇三到一八一五年的拿破仑战争，称得上黄金时代，从一八〇五年起算，二十八岁的他，已经是后勤部军费审核官，封为男爵，召到皇帝身边，编入帝国禁卫军。派往斯特拉斯堡征集粮草，邂逅草料供应商的女儿阿德丽娜，也就是今天的于洛太太。可是滑铁卢的败仗结束了好运气，虽然没有明确的贬黜，但已经边缘化了，直到一八二三年，才重回后勤部门，因为西班牙战争用着他了。一八三〇年，路易·菲利普招募拿破仑旧部，于洛男爵进入领导层，成为陆军部长干将，登上局长的位置，荣获元帅的权杖，这段复兴时期将他的政治生涯推到顶峰，再没什么空间了。而之前赋闲的日子，抑或也是世事沉浮的经历，也已经让他对事业淡泊了热情，急流勇退，用小说的话，"转至脂粉队里服役忙碌"。

这一双儿女亲家——克勒维尔对着亲家母说过这么一句："您才不知道那门亲事是怎么定下的呢！"紧接跟的一句是："该死的单身汉生活！要不是我一时越了轨……"他那委屈劲仿佛受到某种讹诈，且和色欲有关，透露出暗中博弈的关系。同时呢，用克勒维尔的话说，"可我们俩在某些地方很相像，于洛过日子怎么也不能没有爱"。所以，还称得上同志，只是风格不同。男爵以帝政时代的威权方式步入风月场，到一八三〇年以降民主时代就不灵了。随着岁数上涨，色欲中似乎掺入父爱，或许就是最早期的"洛丽塔"情结，幼雏使他返老还童，这种倾向在七十高龄之后将越演越烈。小说记载第一位有名有姓的情人，小女伶贞妮·凯迪娜，时年十三岁，于洛男爵则虚龄五十，栽培她出来，却劈腿跟了一位年轻的参议员艺术家。然后是若赛花，受克勒维尔栽培，从售货女郎变身歌剧演员，于洛男爵接棒推她上了法兰西歌剧院，结果也滑脚了，跟的是煤炭股票发家的公爵。去到公爵金屋的一幕真有些心惊，于洛男爵算是见识过帝政时代的奢华，面对资产阶级的豪富也傻了眼，昔日的爱人说："你现在明白了吧，我的老家伙？"老家伙这才明白现代爱情是怎么回事，转而去找"小市民女子"了。再看克勒维尔，他的若赛花被于洛男爵夺走，继而与歌女埃洛伊丝签订了合约，每月五百法郎以及膳食零用，换取价有所值的消遣，这就是生意人的罗曼史，可是依然平不了若赛花的那笔账，非争个上下高低不可。于是，就在"小市民女子"瓦莱丽·玛纳弗太太府上，两个对手狭路相逢。到底是草根社会打拼出来的英雄，又比男爵年轻十岁，就比较领世面识时务，头脑实际。"小市民女子"和旧情人幽会，逐出两个老情郎，之间有过这么一番谈话。于洛男爵苦思冥想："怎么才能让人爱呢？"克勒维尔很清醒："我们这些人竟想要让人爱，真是蠢啊！"他认识到，他们这些老家伙"只不过凑合着让人接受而已"。两人对了一下账，男爵花了十九万两千法郎，再贴上运动政府部门让玛纳弗先生转正科长的允诺；克勒维尔出手三十万法郎，而且单身，可以娶玛纳弗太太为正室。可是，加起来也抵不过年轻和英俊啊！痛心之余，不禁想到联合经营的模式，"就像那些年轻人凑钱养一个便宜的漂亮小娘们"，他说的是"年轻人"，看起来，克勒维尔也过时了，需要赤脚赶上。这回轮到男爵清醒了，他说："可她照样还会一直骗我们。"真是绝望啊！

　　此时此刻，无论年龄还是财富，克勒维尔尚有余裕，于洛男爵却山穷水尽。女儿奥丹丝二十万法郎的陪嫁都赔尽了，这可是向亲家承诺过的，一旦爽约婚事就免谈了。于洛太太就是为了这笔钱，向克勒维尔告贷，所以张得了这个口，是因为克勒维尔对她别有一番心意，可是对方开出的价码更高，要求做他的情妇。我想，除了报复于洛男爵横刀夺爱，多少还有一点

帝政时代的存念吧，在某些方面，克勒维尔是个老派人，因为
疼爱女儿塞莱斯蒂娜，多年过着鳏夫的生活，一个寻花问柳的
鳏夫，很难说相信什么淳朴的爱情，但能猎取男爵夫人的欢心，
总是让老暴发户得意的。可这项交换条件，越界了夫人的贞操
底线，于是遭到拒绝，气恼之下，他说了这么一句话，"要是
我没有塞莱斯蒂娜和两个外孙，我就会要了奥丹丝"，无耻中
到底流露出道统的人伦观念。和男爵夫人的过节将在其他人物
的故事里继续，然后结束，在此只是个预告。

　　第二对是若赛花和玛纳弗太太也就是"小市民女子"。

　　看若赛花的名字，译者选择的汉字，显然是个艺名或者花
名。她本来也有个姓氏，叫作弥拉伊，据说是把"伊拉弥"颠
倒过来用，而"伊拉弥"则是个犹太人的标记。小说没做进一
步解释，这就需要对犹太民族有研究才能得到答案。是有案可
查或者出自杜撰，这是一个犹太银行主的私生女，丢在德国的
大街上，就像野地里的花，自生自灭地长成绝色。十五岁的时
候被克勒维尔瞄中，供养在一座带家具的房子里，从老家请来
亲戚看管，这是一只名符其实的金丝雀，有一副美妙的歌喉，
于是每年花两千法郎私家开班音乐教育。一八三四那年，若
赛花满二十岁，克勒维尔以为野东西驯服了，略微敞开社交，
引她认识了于洛男爵的小女伶贞妮·凯迪娜，演艺圈的风气唤
醒了她希伯来祖先拜金的本性。以后的事情我们已经知道，贞
妮·凯迪娜跳槽到参议员，若赛花则是三级跳，于洛男爵，侯
爵，再到公爵，就是让于洛傻了眼的金屋的主人。

　　再说"小市民女子"。玛纳弗太太的闺名瓦莱莉·弗汀，
也是私生女，和若赛花不同的是，没有被遗弃。她的生父是拿

破仑手下的名将，德·蒙特纳伯爵，晋升法兰西元帅。这位伯爵对自己的风流债认账，态度不错，给出两万法郎的陪嫁。瓦莱莉的夫婿，是陆军部一个下级职员，想来也源出伯爵的人脉，对于一个婚外的后裔，还是比较适当的姻缘，如此，瓦莱莉小姐就成了玛纳弗太太。玛纳弗先生乘着法兰西元帅的东风，火速升上一等职员，在向副科长转正的当口，元帅死了，裙带垫底的仕途就到了头，又没从遗嘱中得到任何收益，这个家就只剩下一份资源，玛纳弗太太的美貌。她当然是个美人，姿容上一点不输给若赛花，但属性不同。前者是社会型的，后者则是居家型的；前者是公开的放浪，大众情人，后者小家碧玉，红杏出墙；前者是独立女性，后者的处境就微妙了：表面是贤良的妻子，恪守妇道，事实上，不仅要养自己，还要养丈夫，还不如前一种自由轻松，没有家累，也没有道德名誉的顾虑，不幸在于没有专长，不像若赛花，或者贞妮·凯迪娜，以及埃洛伊丝，都有一技在身，可供开辟经济事业。这还不是最要紧的，最要紧的是，若赛花们没有历史负担，赤条条一身无牵挂，玛纳弗太太就不同了，她是有身份的人有来历的人，就是"小市民女子"。一言以蔽之，前者是娼门，后者是良家。两种人物两种生性，对恩客而言，也是两种待遇。

于洛男爵与玛纳弗太太的艳情，终结于一场仙人跳，其中很难排除克勒维尔的作用，怀疑的理由是，这一对是在他小公馆的床上被捉奸。克勒维尔要娶玛纳弗太太，既是商人爱情的最高形式，也是招惹"小市民女子"的结果，以物易物，婚姻换婚姻。障碍是玛纳弗先生，不过他已经是个病人，什么时候死只是个时间问题；第二是年轻的巴西人，但丛林里的情欲兼顾不了现代巴黎的物质心；最后，就是男爵，好在他正陷于麻烦，自己的爵位都危险了，运动玛纳弗先生升迁透支人力物力所有资源，再无余力，就是在他如此脆弱的时段，只需要一个小小的事故，就可送他出局。于洛男爵与执法的警长理论，坚持是爱的缘故，警长一语道破："为什么要由我来给您去掉幻想呢？"还有，"像您这样的年纪，还抱着幻想，实在太少见了。"灰溜溜地回到家中，虽然受到慷慨的接纳，可不是说吗，没有爱情，尤其是年轻的爱情，于洛男爵不能活！逃出家庭的牢笼，去哪里呢？直奔若赛花的公馆。若赛花从乞丐样的老头身上终于认出昔日的金主，喊出一声："怎么，是你，我可怜的老家伙？"这一句叫唤既有怜惜，又有亲昵，是念旧的人。她收留了他，就像收留自己的父亲，并且很负责地为落魄老头安排了出路。这安排十分奇葩，显现出非同寻常的想象力，同时呢，我们也能从中窥察到，在她邂逅大金主克勒维尔之前的十五年人生是怎样度过的。她从贫民窟里物色一个小姑娘，名字叫比茹，十六岁的妙龄，长得十分俊俏。这小比茹手很巧，专做精细的镶绣，每天劳作十六个小时，赚十六个苏，二十个苏才是一个法郎，吃的是耗子油煎炸的土豆，喝的是从运河引来的水，因为塞纳河水太贵。她的理想是开一家自己的铺子，家里的爷爷还在劳碌，妈妈累垮了身子，姐姐也是绣娘，每天赚另外十六个苏，苦苦积攒，还缺六七千法郎本钱。姐姐长得奇丑，只能埋头活计，她呢，为了家庭事业什么都愿意干！若赛花的计划是这样的：她负责向她的公爵借一万法郎，七千法郎给比茹开织绣铺子，三千法郎置办家具，筑一个小窝，每三个月，在她这里借六百五十法郎，等抵押的养老金两年期满，再分期归还欠款。她建议男爵改名叫"图尔"，编个假身份，就说是她的叔叔，从德国回来，她可不是生在德国吗？一来让家人找不到他，二来也可维护名誉。说到做到，转眼间，一家小铺子就开出来了，店号是两个人的名字，"图尔 – 比茹"，温情脉脉的，要是知道一个七十二岁，一个十六岁，就会感到肉麻了。

若赛花的侠义还不止表现于此，接下来的事情更让人咋舌了。话说于洛男爵出走，于洛太太四处打听丈夫行迹，最后找到若赛花府上。这一笔颇有意味，一个男爵夫人屈尊求助烟花女子，不只需要勇气，其中是否还包含着一种人心洞察？知道这样不入流的事端必得走不入流的门道，而不入流的门道里或许才有着不入流的正义。倘若不是于洛男爵的荒唐，两个不同阶层的女子还能有什么机会碰头？她们两人互相都吓一跳，说实在，若赛花还没有害怕过谁呢！用一句内心独白也许能剖析这种心理："在善的面前，恶要全副武装才行！"男爵夫人则被温柔乡的财富惊呆了，就像她丈夫第一次造访，顿时明白自己的处境，更让她意外的是，这位交际花竟然是个"冷静稳重的女子"。有了彼此的好感作基础，她们立刻达成谅解，若赛花十分配合，供出男爵的下落，可是形势变化多端，都超出她这个始作俑者的预料。小比茹已经嫁了一个大商人，连那个丑姐姐都做了肉铺老板娘，图尔叔叔则摇身一变成木器匠"托尔艾克"老头，巴黎的沉浮真是让人措手不及。若赛花始终不忘对于洛太太的承诺，紧紧追踪寻访，随时通报，虽然消息总是滞后，但可以证明她为人诚信。一封信说：于洛男爵在两个月前住在贝尔纳丹街，跟花边缝补女工艾洛蒂·夏尔当同居。又一封信说：他现住太阳巷，化名维德，和年轻姑娘阿塔拉·儒迪茜同居。于洛太太终于将她的男爵带回家，那里才是世外桃源啊，男爵上了厨娘阿加特的床，夫人下葬三天，便带着新情人远走高飞。若赛花让人想起莫泊桑的羊脂球呢，欢场上的女子都有些男子气，凡事靠自己，独立的人格，那恩客口袋里的钱不也是等价交换得来的？小市民女子是世俗的人生，脱不了窠臼，要做科长太太，区长太太，到底做成议员克勒维尔太太，可是双双染病。他们得的一种疑难杂症，各路名医都看不懂，有说中世纪的瘟疫，又有说来自非洲美洲有色人种的族群，这就涉及那个巴西情人，她自称惟一的真爱，可是巴黎女子怎么能到丛林里去呢，哪怕做个酋长的老婆。小说中的疾病多半用于隐喻，按马克思社会主义思想解释，也许象征着资本的"铜臭味"；没落贵族解气的说法，就可能代表着野蛮人的宿命。有意味的是这两位的临终遗言，克勒维尔太太最后一句话是，"我一定要把善良的上帝搞到手"；先生的一句是，"我这个人喝过大革命的奶"。这一刻，倒是轩昂的姿态，前者是无神宣战有神，后者则躺上新时代的祭坛。我们再回顾一下若赛花给于洛太太的信，最末一句写道："女演员履行了诺言，她一如既往，男爵夫人，永远是您卑恭的奴仆。"请注意，她自许"女演员"，向社会索取了身份，显然，一个新阶层已经登上历史舞台。

　　第三对人物，于洛太太和女儿奥丹丝。

　　于洛太太的闺名阿德丽娜·费希，出生在孚日山脚下的村庄。费希三兄弟在共和政府征兵中加入莱茵军团，说起来算得上革命一家，阿德丽娜就是老二兄弟的女儿，十六岁那年，皇上的宠人儿，军费审核官于洛来征集草料，一见钟情，抱得美人归。这位夫人具备传统意义上的一切美德，不必一一列举，单说对丈夫的忠贞，有一回，在杂艺剧院瞅见正厅包厢里，于洛男爵和他的小女伶贞妮·凯迪娜一起看戏，女儿奥丹丝不由惊叫，母亲却不动声色道："你认错了。"可是钱的事情却骗不了自己，家产已经清空，备不出一份嫁妆，眼看着女儿的婚事将毁于一旦，于洛太太竟然走出一步险棋，向克勒维尔告贷，要知道，这位克勒维尔先生觊觎她很久，为了恪守妇道，在两家结成亲家以后就断绝来往，免得闹出丑闻。这样一位谨言慎行的夫人，为了女儿的前途，不惜利用不伦的迷恋，简直是以身试法。但她还是太天真了，以为凡是爱都有着自我牺牲的高尚性，结果当然是碰壁，化妆品商出身的情郎，不做没赚头的买卖，而且他的买卖做得更大，不仅是爱，还有报复心，那就是"你夺走了我的若赛花，我得到了你妻子"！没的说，于洛太太不会让步原则，可是，克勒维尔并不沮丧，他相信终有一天会再交手，那就不是平局，且赢面更大。果不其然，短短三年时间，于洛太太再一次召克勒维尔上门。这一回，为的不是女儿，而是丈夫。男爵为小市民女子花尽了最后一分钱，不得已动了共和政府的奶酪。于洛太太的叔叔，派驻阿尔及尔的粮草官，也是出于侄婿的安排，好将仓储变成自己的小金库。可是，出来混总是要还的，眼看着事情败露，军事法庭立案调查，男爵一个子儿也拿不出来，怎么办？这一幕，真是丢尽了脸面，她以上流社会对淫妇的想象装扮自己，苦苦思忖"怎样才能做一个玛纳弗太太呢？"她学着飞媚眼，总也不得法，试图通款曲，最后还是跪倒在地嚎啕大哭，喊出她的心声："要是有必要，我也可以当一个瓦莱莉。"克勒维尔的回答是"瓦莱莉可是美妙绝伦"，意思再明白不过，就是不可能，这条路不是想走就能走的。羞辱还没有结束，克勒维尔向男爵夫人推荐一个退休的大杂货商，同时还做鞋的生意，也是个国民议会议员，老婆住在外省，克勒维尔断言，"他会像我在三年前一样，愿意拿出十万埃居，以求得一个得体的女人的爱"，一个埃居等于一点一七法郎。这位博维萨日也是玛纳弗太太石榴裙下，属于学员班的成员。尊严在这极度的侮辱下重新崛起，男爵夫人恢复了理智，她的圣洁感动了克勒维尔，又一次臣服，跑去银行筹钱。可是，途中经过瓦莱莉的居处，决定看她一眼，只这一眼，高尚的感情就泯灭了。情色的战场上，贞洁终究敌不过淫荡。

母亲是这样的人，女儿呢？小说开篇的一八三八年，男爵夫人向克勒维尔告贷，为女儿奥丹丝筹措嫁妆，奥丹丝正值二十一岁。推算起来，生于一八五九年，当是大革命七十年，一八三〇年七月革命之后的又一代人。其时，克勒维尔说过一句恶劣的话，她哥哥要不是他的女婿，又有了两个外孙，那么，"我就会要了奥丹丝"，并且是手到擒来的样子，倘若不注意其中的猥亵成分，就可当作对奥丹丝处境的描述。奥丹丝的哥哥小于洛的一段描述，也适用于注脚——"小于洛先生完全是一八三〇年革命造就的那一代青年：脑子里灌满了政治，看重的是将来指望得到的遗产，但却装出一副庄重的外表……"一八三〇年的革命至少给他两项遗产，一是父亲的元帅权杖，二是岳父在阶级更替中掠取的大量财产。作为女儿的奥丹丝，不仅没有份，还被父亲挥霍掉婚聘的妆奁。看起来，共和制给予女性的自由平等，是以剥夺权益作交换的，这就叫独立。就这样，一个二十一岁的上等小姐，女神般的美貌，可是没有嫁妆，剩下的出路，也许就是进修道院，把自己奉献给上帝。她的母亲操碎了心，忍着恶心向暴发户求助，却要接受卑屈的条件。奥丹丝自己，却并不那么发愁，天真得好比圣婴，尽拿人家老姑娘寻开心，丝毫没有想到这也许将是自己的命运。她最热衷的玩笑是老姑娘心上人的故事，一直持续了两年时间。倘若知道后来发生的情节，就会发现这位小姐其实颇有心机，市井里靠拉纤吃饭的妇人大约也不过至此。也是形势逼人，什么都指望不上，靠墙墙倒，上屋屋塌，惟有自己出手。手里有什么呢？想来也是掂量过的，没有身外之物，却还有赤条条的一个自己。鲁迅先生写于一九三三年八月十二日的小文，名叫《上海的少女》，写到上海的交易场，有一句"然而更便宜的是时髦的女人"，之后又有一段："惯在上海生活了的女性，早已分明地自觉着自己所具的光荣，同时也明白着这种光荣中所含的危险。所以凡有时髦女子所表现的神气，是在招摇，也在固守，在罗致，也在抵御，像一切的亲人，也像一切的敌人，她在喜欢，也正在恼怒。"上海不是俗称"东方巴黎"吗？一百年的时间足够繁衍奥丹丝的后人。在先生严谨守正的眼睛里，所谓"时髦"当是对年轻漂亮的别称，奥丹丝别的没有，就有这个！和老姑娘不拘上下的调笑中，早已经套来那个"心上人"的资讯：有贵族封号，尽管是流亡的谋反者；身无分文，却有一副英俊的相貌——这一点倒是和奥丹丝相仿佛；年龄二十九，和二十一的奥丹丝也般配；余下来是养家糊口的问题，这件事，奥丹丝也想好了，她可是比她母亲有算计——"心上人"是个雕塑家，关于这一行，父亲于洛男爵看得很明白，"既有荣誉，又有金钱"，条件是要有大的后台，"因为政府是雕塑作品唯一的消费者"。这句话说得太对不过，也就是说，不能走市场，要从体制里拿订单。体制就体制，她父亲不就是体制里的人吗？欠她的嫁妆，这时候就到了偿还的机会。当然，从原则上说，嫁妆还是要有的，否则太掉价了，可是数目可以压缩，压缩到三万，正是姑娘和古董商谈成的一笔买卖，"心上人"的一座爱神时钟，佣金是姑娘的零用钱。奥丹丝将装了金币的阿尔及利亚钱袋递给艺术家，就像中国古代名妓杜十娘的百宝箱，自赎自身。她向父亲说："我自己的船，还是让我自己来撑。"多么豪迈的气度！不过，这艘船要撑到岸，还要经过暗礁潜流，就是老姑娘。老姑娘的"小东西"——用她的话说，"像我这样一只老山羊，总也得有个东西好爱一爱，烦一烦吧"，奥丹丝竟敢插足，真是吃了豹子胆。在将来的日子里，时不时地，会兴起风浪，让她尝到横刀夺爱的后果。这个老姑娘，不是别人，正是我们的主角，贝姨。

现在，我们就要接触主题了。

贝姨的闺名叫莉丝贝特·费希，都叫她贝特，事实上，这个娘家本名为她使用了一辈子，因她终其一生都没有嫁作人妇。她是于洛太太的堂妹，前面说过的孚日山区费希三兄弟，长兄的女儿。费希老大是一七九二年革命军的老兵，战争中负伤，是拿破仑的功臣。堂姐和于洛男爵结婚后，一八〇九年接贝特到巴黎，姐夫替她安排去专奉宫廷的刺绣工场学手艺，两年以后，就做了金银绦带镶绣的头号女工。拿破仑是酷爱盛装华服的意大利人，金银镶绣穗子饰带，除一百三十三个州的文武官员，风气又弥漫于坊间富豪，市场相当可观，晋升为工场主管的贝特小姐眼看就有机会成家立业，不想帝国崩溃，疆域只剩八十六个，还要裁军。倘若头脑灵活，眼光机警，加上姐夫男爵的智囊，联合资本盘下工场，转国有为民营，倒可做女老板。可惜乡下人没见识，再加上颟顸性格，活生生错过良机，继续打工的生涯。就在此时，父亲在滑铁卢丧命，二叔，也就是于洛太太的父亲被军事法庭判了死罪，三叔靠了于洛男爵的旧人脉，逃过一劫，在凡尔赛镇落脚开小粮秣行。至此，贝特已经尝尽世事沉浮人情炎凉，从大的方面说是朝代变迁权利更替，小的方面就要涉及个人的具体遭际了。

首先，是容貌，仿佛造化为追求一种强烈对比的效果，赐给她堂姐惊人美丽，然后不惜牺牲她的自尊自爱，让她丑得吓人——"瘦削的身材，褐色的皮肤，乌黑闪亮的头发，浓浓的眉毛，像花簇一般连结在一起，胳膊粗而长，双脚厚实，细长的猴子脸上长着几颗黑痣"。倘若换个时间，以现代主义眼光看，不失为美的另一种模式，比如，高更笔下南太平洋塔希提岛上的女人。或者索性返古到文艺复兴，是坠落尘世，化身凡夫俗子的圣徒，小说中不是写，"俨然一个乔托画中的人物"！事实上，经过"小市民女子"玛纳弗太太的包装，她的所有缺陷都变成一种特色，小说列出一系列形容：德意志宗教改革运动时期画家克拉纳赫，早期尼德兰画派的扬·凡·艾克笔下的处子，拜占庭式的童贞女。由此想见，这不是写实而接近写意，是专为突出某一种特别的性质，超脱共识的美的观念，带有抽象的形式感。法国作家很喜欢描写"丑人"，比如雨果《巴黎圣母院》的卡西莫多，可说是丑人中的翘楚，他的长相仿佛是普遍原则的挑战，小说这么写："公然违抗力与美皆来自和谐这一永恒法则"，而就是这个可怕的东西，作者给予了埃及神祇的身份。贝姨也像是来自古远的时候，却不是善的德性，而是恶，密闭在潘多拉的盒子里，一经打开，不可收拾。打开它的是什么？革命。无论是神祇卡西莫多，还是魔鬼贝姨，都是人世间的异类，赋予了特殊使命。回到贝姨的丑，似乎许多事情都是从这里出发的。没有好相貌，偏偏又有个美丽的姐姐，难免要生妒意，然后由妒生恨，成了个大恶人。民间传说里，有多少妒妇的故事，最著名的莫过于白雪公主和后母，后母将白雪公主逐出家门，又送去毒苹果，倘不是七个小矮人和王子及时赶到，势必死路一条。贝姨从小就欺负她堂姐，企图扯掉她的鼻子，这行为带着乡下人的蛮劲，到了巴黎，在堂姐的荫庇下过活，处境就变得复杂了。为生存计，不得不把那种原始的嫉恨收敛起来，甚至要转化成感激，这样的克制无疑是让愤懑加剧。原先朴素的带有孩子气的恶意，如今酿成了怨毒。

　　这是关于贝姨的容貌，然后我们检阅一下贝姨的情史。即便是长得像个猴子似的贝姨，也有过青春年少，刚到巴黎的时候，她学着穿紧身褡赶时髦，小说描写她"活脱脱一个法国旧小说里惹人喜爱的褐皮肤姑娘"，又是小说！总之，贝姨是艺术中人物。姐夫于洛男爵给她先后四次提亲：他所在机关的职员，一位少校，一个退休上尉，一个发了财的绦带商，遍及政府公务员、贵族、资产者各阶层，哪一位都可以带她走进主流社会，过上当家做主的日子。可是，贝姨骨子里是个野蛮人，为原始的情欲掌控，她有自己的所爱，就是那位波兰复国起义运动的年轻贵族，逃到法国，举目无亲，走投无路，是她从死神手里拯救出来，她闻见阁楼上蔓延开来的煤气味，夺门而进。那一幢楼房，似乎和罗曼·罗兰《约翰·克里斯朵夫》里写到过的是同一幢。罗曼·罗兰说："那是一个社会的缩影，一个规矩老实，不怕辛苦的小法兰西，可是在它各个不同的分子中间毫无联系。"贝姨住的也一样，"同一座楼房的房客，相互间都不知道彼此的社会地位，这是巴黎的一件常事，最能说明巴黎生活有多纷乱。"六层楼的老房子，地板咯吱咯吱响，天花板蛀坏了，流亡的克里斯朵夫和破产的世家子弟奥里维住的兴许就是当年波兰人的顶楼。很快，贝姨就会再认识一位邻居，就是玛纳弗太太，她们还将成为闺蜜，更准确的说法是结党。继续顶楼上的故事，自此，贝姨有了一个宠儿，用她的话就是"爱一爱，烦一烦"，这句话很准确，"爱"是指用情，"烦"呢，就需要用心了。这方面，贝姨是过来人，知道两手空空的无产者在巴黎生存需要什么，需要手艺。中国人的话，身有薄技，走遍天下都不怕。她把波兰人介绍到铸造金银铜器的铺子里做装饰图案绘制工，他不是美术教师吗？算得上对口。果然，只二十个月，波兰人就超过了师傅。同时，老姑娘十六年的积蓄，两千五百法郎也花个精光。但是不要紧，贝姨早留了后手，让波兰人留下了借据，如此，宠儿成了奴工。爱情是无私的，债务却是无情的，这一对男女时不时地为生产效率和挣钱的速度发生争吵，彼此说着狠话，以死相逼，紧接着是抢着牺牲，将自己无偿献给对方，激烈的程度使他们像是一对真正的情偶。惊心动魄的自杀重演之际，是最温柔缠绵的一幕，波兰贵族投进年长十五岁的恩人怀抱，终于，奴工变成了性奴。说到这里，我不禁想起《坎特伯雷故事》里的帕瑟妇人，同样掌握熟练的织造手艺，同样有着彪悍的风格，同样的女性独立意识，尤其是帕瑟妇人的讲述，老妇人要做年轻武士的妻子那一节，简直就是贝姨和波兰贵族的变身，只是结局不同。武士委身让帕瑟妇人的老巫婆时光倒流，变成美女，贝姨的爱宠却被外甥女一举夺走。

巴黎是个遍地撒爱的地方，一茬割毕，一茬又起来。贝姨又有了爱的目标，于洛男爵的长兄，于洛元帅。老人曾经身任帝国禁卫军上校，拿破仑执政时期，封为伯爵，弟弟男爵经他提携，方才走进皇帝麾下。他没有结婚，把弟弟、弟媳、侄儿女当作自己家人，他喜欢贝姨，不是那种情色的吸引，贝姨也很难引起这方面的欲望，也不相同对弟媳阿德丽娜的心情，那是类似父亲对女儿的疼爱，贝姨却唤起他一种同志式的友谊，他们有许多相似之处。都是平民出身，没有受过教育，勤劳勇敢，老人临终时候对贝姨的评价体现或者说升华了这些质素，他说："您是一个真正的共和党人，人民的女儿。"我还有个也许牵强的联想，贝姨的老家洛林地区，有个四百年前的乡党，就是圣女贞德，她的事迹著称天下。也许，老巴尔扎克有意或无意把贝姨当作贞德的后裔，经无数革命，成长为资产阶级，自有一种英雄气概。当于洛一家的财政濒临破产，愁云惨雾弥漫的时候，她和堂姐于洛太太建议，不妨从旁促成她和于洛元帅的婚姻，他有一份很高的俸禄，百年之后，遗孀每月都能拿到六千法郎的赡养金，她可用来养这个家。继而策动外甥子女："你们还是考虑一下，让我和元帅结婚，留条后路吧。"这确实是一条后路，除此似乎也没有其他办法。贝姨是个行动主义者，知道时不我待，不久，她就住进元帅家中做起了管家。于洛太太说了一句："从当管家到成为他的妻子，也就差一步了。"显然，大家都把振兴家门的希望寄托在这门奇葩的婚事上。其时，还有两个关节需要疏通，一个是于洛男爵，另一个是元帅本人，这两人都蒙在鼓里，不知道在他们身边正进行怎样的一场阳谋。贝姨早已经成竹在胸，前者是提供克勒维尔与玛纳弗太太小公馆的钥匙，条件是，"不要反对我跟你大哥的亲事！"乍一听见，于洛男爵还是吓一跳，但想到家庭的担子就此卸到大哥身上，便一口答应。对付元帅的策略也是信息交易，告诉他宝贝兄弟的荒唐事，代价是婚姻。元帅本来也是喜欢她的，都是平民出身的共和派，再加上悉心的体贴照顾，一个老人在风烛残年还期望得到什么呢？于是，贝姨担任管家十天之后，教堂就公布了结婚预告，令人扼腕的是，距离发布最后一道婚约通告的前四天，元帅辞世了。贝姨和元帅的交谊既可算作情史，同时也涉及她的财政规划，这就引出了贝姨人生中第三个要目，经济管理。

就用一种简单的罗列账单的方式，大致可以窥见这一个投奔亲戚的乡下女人如何积累起财富，要知道在巴黎这样一个消费城市里，没有钱是没办法立足的，贝姨也是过些日子才明白的。开始，生活很简单，在铺子里做活，挣来的钱开支食宿还有零星余裕，堂姐的家就像是自己的家，时不时地去蹭饭，得一些馈赠，食糖、咖啡、葡萄酒什么的。直到一八三五年，她在波兰人身上花尽了十六年的积蓄，才知道这笔积蓄的数字是两千五百法郎，我们的账目就从这里起算吧！

波兰人交给他的保护人第一笔收入，一千二百法郎，来自奥丹丝购买的一组雕像的工钱，同时，也是奥丹丝自付的嫁妆。

告波兰人入狱，索债三千二百一十法郎，后又撤诉，因而得堂姐谢礼一万零五百法郎本金，六百法郎年息；顺便交代一下，波兰人是被于洛男爵赎出，代价两件雕塑的定制，从古董商处的获利一是填补女儿嫁妆的不足，二是安排玛纳弗的小公馆，姜还是老的辣啊！

克勒维尔购买情报，关于于洛男爵与玛纳弗太太私通的动向，给予一笔终身年金，利息百分之五，每年得六百法郎。

在克勒维尔和玛纳弗的小公馆做管家，每月一千法郎的开销里截留下总共五六千法郎充作私房钱。

元帅死后，因住宅是使用权，她便无处栖身，克勒维尔看在她帮助拉纤的情面，给了一笔两千法郎的终身年金。

元帅去世，小说写道"连同谷仓和囤积的粮食全都烧个精光"，可是意想不到的是，元帅给本来要成为妻子的人遗赠一笔一千两百法郎的终身年金。

要是有耐心算一算，虽然不能和若赛花之流相比，可是对于一个凭手艺吃饭的人来说，也足够保障的了。要知道，就在这时候，于洛男爵可是身无分文。不过，贝姨没能等到享受富裕的日子，她去世了，死于肺痨。这种穷人的疾病跟了她一生，仿佛宿命一般，终于爆发了。小说家给自己人物选择的死因，都是有隐喻的。

在此，我想给贝姨也物色一个配置人物，就是最后于洛太太雇来的小厨娘，后来上到于洛男爵床上，于洛太太去世后，两人一同离开巴黎，去到姑娘的家乡，正式结婚了。那姑娘来自诺曼底，矮胖的身型，说话粗俗不堪，连厨子都看不上。她伺候过马车夫，在郊区小客栈当过差，"是外省每天都在向巴

黎输送的那种实在不知廉耻的女孩子"，于洛男爵的最后一个
情人，最终登上男爵夫人宝座的乡下丫头，也当属于元帅说的：
"真正的共和党人，人民的女儿。"她的出身比贝姨更低阶，
禀赋也差一筹，但托时代的福，上升速度快捷许多，所付成本
也节省许多。经过启蒙的人民其实并不像革命预期的可喜，革
命本身也未必达到预期的目标，鼎革时期阶级的错层却带来许
多新人物，抵得过多少代太平世道的总和，是小说大可作为的
时机。

二〇一九年九月二十四日讲于浙江大学
二〇二一年四月十四日整理于上海

第五讲：理趣

听余光中先生谈散文，提出两个概念，一个用于抒情散文，叫"情趣"，一个用于论述散文，叫"理趣"——我借用后者，作这一讲的题目。我喜欢这个概念，它为推理小说的逻辑美学提供了命名。

先解释一下我对类型小说的看法。目前中国文学里没有对类型小说的定义，我们通常用"通俗文学"来区别于"严肃文学"，事实上是模糊了文体本身的叙事模式。我们先从外部现象入手，看看类型小说在阅读生活中的位置。假如去到国外，走进书店，迎门的案上平放的，多半很厚，像砖头似的一本一本，通常就是类型小说。它们的销量比较高，受大众欢迎，我们也称之"大众文学"。那么小众文学——"小众"这个词应当是从台湾发起，即我们所说的严肃文学，篇幅是比较短小，新到货的时候也会躺在书案上，但是很快就上了架子，业内的话，叫作"躺着"和"竖着"，"竖着"也意味着受众的有限，也许很快就下架了。从销售的命运看，类型小说可说是阅读的主流，遍及社会各阶层，也包括知识分子，美国杜克大学著名的西方马克思主义学者弗雷德里克·詹明信，他就很重视类型小说。2016 年去杜克大学，教授正在写美国推理小说家雷蒙·钱德勒的研究文章。这种对当代小说的爱好可能和学术方向有关系，马克思主义从某种方面说，是一种社会学，需要大量的现实采样，而类型小说可以最即时近便地提供材料。抛开研究者的专业用途，回到阅读的本质，类型小说的价值在哪里？我想，可能和感官有关系。用一个朴素的说法，就是，它比较好看，给人愉悦。读一本所谓"严肃小说"是很吃力的，尤其在现代主义成为新经典的今天。小说在几百年的路途中，已经分岔，它最初的讲故事听故事的乐趣让道给思想哲学，就像所有的当代艺术，将感性的享乐留给了流行文化，叙事文学中就是类型小说。

　　我在安排这次课程时候，也曾检讨是不是太老土、太老旧了，选的都是一些写实主义的文本。我努力过物色一部现代主义小说——在我的视野里，能拿来作案例分析的极少，首选是马尔克斯的《百年孤独》，其他则很难超越，但多年前就已经上过课堂，并且讲稿成书出版。这就是我作为老师不够职业的地方，无法重复，每一个课程都要有新内容，也意识到问题，就是不能进深和完善，将来我会尝试着讲一些旧题目。我承认现代主义有实验性的意义，比如，有一部著名的音乐作品，演奏家走上场，在钢琴前坐下，什么都没做，再站起身，走了。非常无聊吧，但它确实传达出一点意思，就是放空时间，像我第一堂课试图解释的，把时间打回原形。从无边无际的时间里划分出有头有尾的一段，交给听众自己去处理。 还有一幅著名的现代主义绘画，一张什么都没有的白纸，这是把空间框出来给观看者。再有一本可以从任何一页开始阅读的书，大概是要描绘周而复始的人类历史？这些都是一些极端的例子，用取消来建设，用颠覆来平衡，但它们过于迅速地奔向目的，压缩了过程，而艺术恰恰发生在过程中。这可能涉及艺术的初衷，具体到小说，就是人们为什么要写小说？我的小说《长恨歌》的法文翻译，一位资深汉语教师，我们吃饭聊天，我说老师，你们法国挺自由的，小孩子用左手写字，并不强行矫正，而在我们这边，小孩子如果用左手吃饭写字，家长老师一定会让他训练右手。她说不好，写字还是应该用右手。我问为什么？她思考了很久，然后说，因为写字这件事情是为用右手书写设计的。我想说的是，某项活动产生的时候，已经因循运用的需要而制定了规则，那么小说是为满足怎样的需要生出的？我喜欢探寻事情发生的起源，许多后续都是从这而来。我认为，小说这件产物是向人们提供故事。人的天性里有着对神秘事物的好奇，被不可预知的结果吸引，跟随情节进行，最后到达终点，解开疑惑。这种好奇的天性有什么更深刻的原因吗？英国女作家，二〇〇七年诺贝尔文学奖得主，多丽丝·莱辛曾经很有趣地写道，有时候只是在牙科诊所等待，从一本很烂的杂志上读到一个很烂的小说，但你也会看下去，追踪结局，甚至希望延宕诊疗，护士不要喊到你的名字，能够将烂小说读完，我们为什么如此渴望知道结局？多丽丝·莱辛的答案是，因为我们的人生是有头有尾的，所以不能容忍中途而废。我也许不能完全接受这个结论，现实中的人生，常常是不完整的，但或许就因为这样，人们才喜欢听故事，故事虚拟了有头有尾的人生。无论如何，前辈作家的经验可用来佐证，人类天性里对故事的热爱确是个事实。现在，讲故事这个古老的任务被类型小说接收过去了。所以我觉得我们不该把类型小说驱逐出我们的视野，即便我们自认为是一个严肃文学的写作者，还是要回过头来看类型小说，因为它在极大程度上保持了我们最初的对文学的赏识。

　　在西方文学里，类型小说自有一路叙事的格式，所以称其为"类型"。我没有刻意研究过这个格式怎样开始又怎样形成，只是从阅读的范围汲取材料，试图归纳一点心得。我们都知道《简·爱》，主人公简·爱从孤儿院出来，应聘到豪门做家庭教师，遭遇许多诡谲事件，最终获得爱情。是不是从这开始，"孤女到大宅子做女教师"变成一种模式？事实上，几十年后，这模式出现在亨利·詹姆斯的灵异小说《螺丝在拧紧》；再接着，维多利亚·霍尔特，我们可能比较陌生，大陆介绍得不多，但台湾"皇冠"翻译出版了她大量作品，她基本沿用了同样模式，比如《梅林山庄的女主人》《千灯屋》等等；几乎同时登场的达夫妮·杜穆里埃，她的名字也是陌生，但报出小说《吕蓓卡》，尤其是根据《吕蓓卡》改编的电影《蝴蝶梦》，那就无人不知无人不晓，也是孤女来到大宅子，虽然不是作为女教师或者女伴，而是主人的新妻子，可不也是侍女出身，天赐良缘，风险则在另一边，但结局总归是大团圆；直到今天，一九六六年出生的威尔士女作家萨拉·沃特斯，笔下依稀还看得见轮廓，比如《小小陌生人》《指匠》，不过，大宅子已经颓圮，主人家也在凋零，古典的浪漫史则被替代为"酷儿"叙事。由此看来，这么一个模式是可变通多种途径，辐射很广。再回到简·爱的时代，又一位勃朗特姐妹的作品《呼啸山庄》，也有大宅子，也有孤雏，也有幽灵，也有爱恨情仇，但却脱出模式的藩篱，告别甜蜜的人生，直面尖锐不可调和的冲突，这冲突源自更强劲的造化。所以，我以为类型小说是有潜在的途径走进严肃的价值。

中国现代文学里，曾经有类型小说萌生的迹象，但终于没有成型，与我们擦肩而过。二十世纪初，随着印刷出版报刊繁荣，市民阶层壮大，小说的写者、销者和读者一并兴起，促进了文学高潮，作品受欢迎首推风月爱情题材，所谓"卅六鸳鸯同命鸟，一双蝴蝶可怜虫"，坊间称之"鸳鸯蝴蝶派"。因为这类故事最集中登载周刊"礼拜六"，又得了个别名"礼拜六"。我觉得"礼拜六"这个名字起得很好，它特别强调了消遣、休息、娱乐的意味。上海文史研究的前辈范烟桥，有文章题目《民国旧派小说史略》，"旧派小说"这中性的称谓显然是对应"五四"新文学，同时也企图主张客观的立场。但"旧"终究敌不过"新"，在某种程度上，"新文学运动"顺应了历史潮流，启蒙和救亡，都是迫在眼前的危急，无论口号还是实践，左翼文学具有更彰显的进步力量。相形之下，"鸳鸯蝴蝶"就变得疏离现实，落后形势，甚至是无聊的，于是退到边缘。在文学史是被遮蔽了，文本自身，则弃止了类型化的实验。之后，中国社会经历种种变故，文学的现实使命一发不可收拾，越行越远，成为主流，讲故事的技法成为末技，那一条"礼拜六"的线索再没有发展的机会。也因此，今天中国没有真正意义上的类型小说，也没有小说的大法，类似中国人物画的"六法"，我们都是凭经验和感情去讲故事，当然，这是最高境界，求的是"道"，可是缺乏方法难免欲求而不达。类型小说一定程度上可以解决方法的问题，因为有"术"。中国的民间传说其实是有"术"的，口口相传中积累起叙事的智慧，比如《白蛇传》，这里面的意境真是好！你想白娘子已经修炼了千年，她终于可以成仙了。"仙"在我们中国文化里的概念是什么呢？其实就是回到时间、空间贯通一体，没有生没有死，永恒之中。可是她还是要做人，说起来都叫人掉眼泪的啊！就像《红楼梦》里的石头，立志要去人间一遭，结果是什么？"满纸荒唐言，一把辛酸泪。"再说白娘子，和许仙做成夫妻，道术精炼，可隐藏来历，遮蔽真身，几无破绽，即便如此，却还留有一个命门，那就是端午的节气，这一日尤其不能喝雄黄酒——《圣经》里以色列大力士参孙的命门是他的头发，剪去头发力量立刻离身，变成凡人。暂且不说其中的隐喻，只说白娘子的故事，就因有这命门，情节才能够往下走，法海镇妖，水漫金山，坍塌雷峰塔……她一脚踏入尘世，可谓开弓没有回头箭，步步惊心，倘若不是，一路花好月圆，落进平常人生的窠臼，倒辜负了仙界的前世。

我看类型小说就是看这个，"山重水复疑无路，柳暗花明又一村"。很可惜，我不看武侠。前几日，我们去海宁金庸的家乡，感到很遗憾，他写了那么多书，可是我一本都看不了。我还有金庸先生亲手签名的书，依然看不下去。就是没有办法，不是你的菜，你怎么都不能够品尝好处，靠近不了它。就像有时候我特别羡慕数学家，我觉得他们掌握了一个奥秘，可是你没有密码，就是进不去。武侠也是这样，好像横了一道深沟，跨不过去。但我喜欢武侠的概念，高手过招，一招过去，一招回来，最后是无招。这个我喜欢，可是过程不能信服，因侠客都是超人，而写实主义都有强迫症，就是较真，即便传奇，也要求常情常理常人。推理小说就可以满足这种悖论。也因此，我最担心推理小说中出现精神病患者或者病态人格，不外是放弃推理的职责。人一旦有病，所有的行为都可以解释了，所以，推理小说里的病人就是超人，他们可以做任何事情而获赦免。真正的趣味，也是挑战所在，则是以日常生活的逻辑解释悬疑。基于有限的阅读经验，我还对本格派持有异议。将案件限制在一个孤立的环境里，破案几乎变成结构工程，纯物理的活动，缺少生活和人的因素。美籍华裔痕迹学家李昌钰博士，我曾经听过他一场讲座。我们都知道，他从痕迹出发破获许多大案，也因为痕迹而放了了明显的案犯，比如辛普森，血液的样本离开过现场而不被采纳。印象很深的是，李博士说了这么一句话，他说，我只看痕迹，动机的事不归我管。我想，推理小说就是管动机的。

说到动机，有必要提一下日本社会派推理小说的代表人物松本清张。"社会派"这个名称我以为经过斟酌，努力将松本清张的特质归纳成流派，事实上，很难有人真正能够从属于麾下。后来的宫部美幸被公认为社会派传人，但还是不足以体现松本清张的内涵。这是一位非常了不起的小说家，他将批判现实主义纳入推理的类型，因为有他，日本批评界重新界定"大众文学"的概念，归并进严肃文学的范畴。松本清张的生活经验非常丰富，他经历了二战以及战后的艰困生活，工农兵学商，几乎每一行都涉及了，最后成为一个推理小说家。他的推理逻辑，是来自生活的现实，个人经验给他提供大量的社会材料，那不是依靠调查采访收集而得来的，而是亲历、亲为。大家一定都看过根据小说《砂器》改编的电影，这只是他海量的作品中的一部，他有一个短篇小说，名字叫《监视》，说的是刑警蹲守在一户普通人家对面，目标是这家的主妇，是逃犯的旧情人。几天过去，眼见那女人过着恪守本分的平静生活，并无反常的迹象，就在失去耐心的时候，终于有了动向。刑警尾随而去，看女人忽然变得活泼，生气勃勃，果不其然，在温泉旅馆找到踪迹，缉拿了逃犯，此时女人回家，还赶得上在家里迎接丈夫下班到家，刑警甚为感慨——"这个女人只燃烧了几小时的生命"。就此，跳脱出"类型"。无论怎样解释，"类型"总是普遍的社会道德，而在松本清张却有着特殊的人生观念。

　　东野奎吾也是我喜欢的。我喜欢东野奎吾的奇拔，他常有意想不到的异峰突起，这是类型小说家独一份的才能。但也正是这奇拔，需要有相等奇拔的解决方案，向智慧提出的挑战相当艰巨。东野奎吾的案件往往双人联手，声东击西。推理小说的难度其实不在破案，而在犯罪，也就是设计一个完美的犯罪。用阿加莎·克里斯蒂的波洛的话说："我犯罪是艺术"，"它们是想象力的最高级别的锻炼。"东野奎吾的犯罪，有时候一个人凑不过手，就安排两个人。有一部英国电影叫《致命魔术》，说的是魔术兴起的早期，伦敦出台一种换位表演，人在此地消失即可在彼地现身，效果非常惊人，魔术师也声名大振。然后，就有了对手，这个对手设计了种种机关，终也不能如他这般神奇。急中生智，找来一个和自己相像的人，配合演出，这边消失，那边出现。从此，两个魔术师分庭抗礼。就在这时候，他的替身开始讹诈他，要求提高报酬，否则就公布他作弊，有几回当场给他看了颜色，因此，很快就收蓬了。而那边好景依旧，夜夜爆棚。谜底直到最后揭开，原来换位魔术的表演者是一对双胞胎。东野奎吾的作案有时候就是由这样一对双胞胎来完成，多少降低了犯罪的精密度，也因此瓦解了悬疑的魅惑力。《尼罗河上的惨案》也是双人档，但主要谋杀是由一个人，即赛蒙实施完成，另一个，吉蒂，出手是为补漏。让谋杀遗下破绽，大约也是不得已，作案太过精致，不留线索，推理便无法进行。只能让凶手再犯一次，甚至两次——如此密集的动作，很难想象没有痕迹，但波洛还是从动机着手，尼罗河上漂泊的游轮无法使用检测器材，这就是我喜欢阿加莎·克里斯蒂的原因。

有一次和黄子平谈克里斯蒂，相互问最喜欢她哪一部小说，我们不约而同说《啤酒谋杀案》。这部小说里，波洛受委托的是一桩十七年前的案件，所有的痕迹都不复存在，余下来的只有记忆，波洛能做的就是探访亲历者，每个人的讲述都是那么主观，带着强烈的感情色彩，波洛说，我看到了这么多性格。他被这些性格吸引，我想，在一个侦探看来，性格给予他的不止是人性的美学，更可能是提供心理的动因，这些动因不会随着时间消失，相反，还会继续生发，显现后果。

克里斯蒂的动因且又是日常的人和事，她用的材料很平凡，都在我们的认识里。不像福尔摩斯，他的材料来源超出普通人的经验范围，一去几万里，英国的海外殖民地为他提供了传奇的空间，以神秘险峻取胜，克里斯蒂的犯罪和判案在于常识的乐趣。我们知道，她的两个著名侦探，一个是波洛，属专业技术人员，还有一个马普尔小姐，则是业余段位。两人都是从常识出发，路数却不同，先来说说马普尔小姐。马普尔小姐一辈子生活在乡间，张口闭口"维多利亚时代"，在年轻人的眼中，几乎有一百岁。英国老太太是很厉害的，不容小视。有一年我到剑桥参加当代文学研讨会，将近结束的时候，安排参观剑桥。两名志愿者分别导游，负责我们组的是个漂亮的夫人，显然很有些岁数了，瘦高的身型，风度优雅。她走到我们跟前点算人数：一、二、三、四……数到一半，有人挟雨伞穿行而过，这提醒了大家，英国是个多雨的地方，队伍炸群似的四散，纷纷回去拿伞。夫人叹口气，等待人们重新聚拢，再从头点数：一、二、三……数到十八，圈起队伍，自我介绍：大家下午好，我的名字叫玛丽——这时候，忽然又跑来两个人加入，这回她真生气了，说：不行，负责人告诉我，总人数三十六人，每组十八，你们去那个组。就有人反驳：我们不是三十六人，是四十人，所以应该接受她俩。她怔一下，旋即回应：看来我的英语太坏了！这句话很有意思，对这一帮外国人说自己英语很坏，不是讽刺我们又是什么？英国的志愿者多是这样的夫人，音乐家亨德尔的伦敦故居，也是由老太太服务，她向我抱怨政府不作为，故居失修已久，不拨给经费，所有职员都是义务，门票入不敷出。还有一次我们到简·奥斯汀曾居住的教区，温切斯特大教堂，通往塔楼的木梯基本垂直，爬到半途，上方探出一张笑脸，又一个老太太，好像等了很久似的，说：我们有中文的解说，可是我们这里从来没来过中国人。刚站稳脚，一份很宝贵的塑封的教堂介绍便到了手中。显然是用翻译软件拼凑的，错字和病句很多，可是，老太太热切的眼光让我住嘴了。这些老太太让我想到马普尔小姐。

　　曾经和朋友在曼彻斯特郊外徒步行走，大路一边是田野，另一边则是宅院，彼此间相隔一段距离，许多宅院已经无人居住，荒落了，但格式还在，主楼，配楼，马棚，仆人的下房，可以想见盛年时候的生活场景。从早晨到中午，足有五公里路程，到达一个小小的集镇，餐厅，商店，邮局，发廊，围绕着一个圆场，是这一带的行政商业中心吧，马普尔小姐大约就住在这样的乡间，在平静的表面底下发生着谋杀案。马普尔小姐就像好管闲事的邻家阿婆，又像关心公共事务的志愿者，每有风声传来都要赶去插一脚。凭借她漫长人生的经验，这经验不在于有多么广博的见识，而是她深谙人性的端倪，事实上，没什么特殊的，都是些你我他。她常常说的是，我曾经认识一个人——互为参照，真相浮出水面。这就是马普尔小姐的推理逻辑，由此及彼，从普遍到个别。日常生活对于她就像一本百科全书，什么样的悬疑都可以从中找到注解，于是，熟视无睹的人和事忽变得奇妙起来。

我们今天重点要讲的是波洛，他是一个职业侦探，在伦敦有办事处，公开接活，因此有机会遭遇一些精品案件，严格说，是波洛在海量的单子里，选出精品案件。所谓精品，就像方才说过的，精致的艺术，想象力的最高级别，棋逢对手，才兴奋得起来。波洛破案的方略和马普尔小姐有不同有同，"不同"的是，他不像马普尔小姐着眼于具体性，而是从形式入手；"同"则在于，他的"形式主义"也是来自日常生活，是经过提炼，从具象到抽象。这就是我今天的题目"理趣"。波洛看现场，考虑的往往是自然和不自然。他认为所有的事物都有它从自身出发的既定形式，来源于生活的需要，这就需要常识了。十九世纪末英国艺术评论家约翰·罗斯金在《艺术十讲》第三讲，论述建筑的美学，认为一幢建筑首先是要体现实用的功能。他说："如果它是一所住宅，它的大小应该恰好能满足主人舒适的需要，里面房间的种类和数量应是主人所需要的，还应有主人所需要的数量的窗，这些窗就布置在主人想要放置的位置。如果它是一座教堂，它的大小应该恰好能够进行集会，拥有恰好的形状和布局，使得人们在里面感到舒适并且可以听得很清楚。如果它是一个公共机构，它的布局应该使那些职员在进行日常活动时感到十分舒适。"这就是一个正常的空间所具备的条件，波洛的判断从此出发。比如《空幻之屋》，他几乎和谋杀案前后脚蹓入实地，他第一个感觉就是郁闷，"因为他正看到的是一个非常假的谋杀现场"。泳池边上的金发死者，持枪的女人，远处的另一个女人手提花篮，接着是身穿射击服的男人，然后第三个女人提的是一满篮鸡蛋，就像一堂戏剧的造型，专为他波洛上演。这个形式不符合常态，是为某种特殊目的而设置，那么，是什么样的目的呢？那个时候不像今天，四处都是摄像头，还有基因检测技术，推理只能从现象出发。在波洛眼睛里，现象的秩序是有意味的，它体现出人为活动的企图。《外国学生宿舍谋杀案》——克里斯蒂的小说多半以"谋杀案"命名，这对读者是一个许诺，许诺我们会有悬疑发生，而且，一定会给予解决，不让期待落空。台湾书评人唐诺说，类型小说的作者和读者有默契，这个说法很好，我想，默契就在这里。《外国学生宿舍谋杀案》里，学生寄宿舍发生一连串偷窃，遗失物品没有任何关联：化妆品、听诊器、衣物、墨水、等等，波洛就要求一份以时间先后排列的清单。这堆杂七杂八的东西一旦形成秩序，也许就呈现出逻辑关系。波洛喜欢用"拼图"形容逻辑链，什么地方缺了一片，他直觉到就在眼前，但不知道是什么，又该落在哪个位置上，他这么整理线索，等到"拼图游戏"中的碎片全部各就各位，便大功告成！

　　我重点解析，用以佐证波洛的方法的，书名为《ABC 谋杀案》。这是一个别致的谋杀案，需要相应的精密的逻辑思维推理真相，两厢联手，方才成为艺术。现实中的案件往往是粗糙的，对付粗糙的案子，动机就用不上了，痕迹也用不上，四顾茫然，难度相当大。曾经在电视法制频道看过一桩案情，某地方发现女尸，找不到任何能够证明身份的人和物，惟一特别的地方是这死者脚上布鞋的搭襻，是从来没看见过的，警方走访了很多鞋店，都没有找到同样的款式。联想到当地很多工厂，从全国招聘女工，于是就到工厂里寻访，果然有两个女工穿着这种搭襻的布鞋，可是她们并不认识死者，线索又断了。但是警方又发现一点异常，他发现这两个女工的牙齿上都有一种积垢，也和死者的情况相像，经过化验，这种积垢来自一种矿物质，和生活环境有关系。这两位女工来自贵州，可是贵州的版图很大，当时没有网络，技术搜索的手段有限，警方想到当地有个饮品叫"娃哈哈"，销售遍及全国，就借用铺货的渠道发布寻人启事。很快有了反馈，果然是在贵州，区域管辖的派出所已经收到失踪报警，是一名女性村民，跟随本村两个年轻人去南方打工，警察立即往嫌疑人家去，远远看见房屋门口堆着矿石，正是积垢显示的那种物质来源。令人意想不到的是杀人动机，简单到荒唐，三个人出来寻工无果，准备打道回府，为了省下盘缠，那两个就把这一个办了。这么一个粗粝的案子，推理的过程却很精细，它启用的还是痕迹，但这痕迹不是物理意义上，而是生活形态的常识，在我看来，是可入命案汇编。但是，这只能发生在现实里，艺术却是一门设计活动，它的罪案甚至要比探案更具有美学的价值。推理小说首要任务是创造罪案，然后逆向而行，将自己设的局破解。所以，非凡的波洛诞生之前，首先需要诞生非凡的谋杀案，《ABC 谋杀案》就是其中一件。

如果没有事先收到的那封匿名信，这案子未必会受到波洛的青睐。一个开杂货店的老太婆被杀死，没有珠宝钻石，也没有富有的继承人，就像《尼罗河上的惨案》；没有上述所说《空幻之屋》的戏剧性的场景；没有《啤酒谋杀案》犯罪现场消失，惟有性格的因素的挑战；还没有《外国学生宿舍谋杀案》的奇情怪事……不外是过路的窃贼临时兴起，偷几个碎银子，有些像方才那为了节省盘缠杀了同路人。可是，引人注意的是，这桩案件正符合匿名信预告的细节："留意本月二十一日的安多弗（Andover）。"这样的警示经常会发生，就像客机上装有爆炸物的举报，大部分出于无聊的恶作剧，你不能全信，但是也说不定，据称美国"9·11"事件之前，中情局就接到过情报，但匿名信上说得完全不是那么耸动的，我猜想当时中情局之所以没有重视大概就是因为太过戏剧性，更像是一个妄想狂的玩笑。安多弗是一个偏僻的小地方，居民多是凭劳力吃饭的人，被害人阿谢尔（Asher）太太，和所有从战争中走过来的人一样，失去亲人，忍饥挨饿，终于有了自己的生意，一家小铺子，卖着香烟糖果，好比我们上海街头巷尾的烟纸店，一直延续到二十一世纪才渐渐销声匿迹，我怀疑就是殖民时代英国人带来的。等生活安定下来，已入晚境，也和这个阶层的老年人差不多的际遇，老伴酗酒，时不时索要酒钱，却不至于下手杀人；惟一给予温暖的，是一个远亲的晚辈，理论上是继承人，但薄瘠的积蓄，只够供自己置办后事的，还要时时提防老伴的盘剥。总之，这是一桩沉闷暗淡的谋杀案，连死法都乏善可陈，从躺倒的姿势看，显然是从货架上取东西被人击中后脑。这个寻常的治安事故中有什么"不协调"的情形？波洛问警督。回答有一本铁路指南，不是本店出售，在柜台上打开倒放，翻到的那页正是"安多弗"。"安多弗"的首字母正是死者名"阿谢尔"的首字母，这一点波洛走近案发现场的时候就注意到了，他由此推断，这很可能是一个以字母表为系列的连环杀人案，A字母打头则意味着方才开始，以后还有的瞧了。

　　果然，第二封信来了，预报的是"本月二十五日"，地方在"滨海贝克斯希尔（Bexhill-on-Sea）"。于是立刻联合地方警力，皇家警事厅，精神病学家——连环杀手往往是有一种强迫症，一八八八年伦敦东区的开膛手杰克，就是其中最著名的一个，残暴无人性，毫无动机，成为世界一大悬案。因为这是一个旅游胜地，酒店商铺餐厅，居民和游客，人员聚集，流动活跃，防范的规模很大，正当众人忙得不亦乐乎，等着"二十五日"到来，姓氏巴纳德（Barnard）的女招待在凌晨时分被勒死。和许多旅游地的情况一样，夏天旺季有许多就业机会，年轻女孩子多半是做服务生，巴纳德小姐在海边茶室打工已是第二个夏季。她家就在附近的小镇上新起的廉价小区，可见家境平常，父亲是个小五金商人，早两年退休，母亲则是主妇，两个女儿，大的在伦敦做白领，小的即遭遇不测的这个。巴纳德小姐二十三岁，和这个年龄的女孩一样，正在恋爱中，男朋友在房地产事务所工作，就像所有关系稳定的恋人，时不时地闹些别扭，起因不外妒忌一类的，男孩子期望永久的婚姻，巴纳德小姐呢，偏偏不肯公开已经订婚的事实。用姐姐的说法，"是个十足的小傻瓜"。生活在小地方，天资平平，没受过太好的教育，难免眼界狭窄，不幸的是，每年潮水般涌进的观光客，带来一道道绚丽的风景，引动着年轻人的物质欲和虚荣心，处境多少是危险的，不排除发生极端事件。但是，这一桩事先张扬的谋杀案与上一桩，并没有相似的地方。连环杀人通常有共同的特质，集中发生在某一个地理区域，专门针对某一类型的被害人，习惯性的作案手段，就像"开膛手杰克"：总是伦敦东区，总是夜归的劳动女性，总是使用锋利的刀具……"A"案和"B"案，全然不同，除去字母表的关联，上一次是"A"打头，这一回是"B"——地名，人名，还有尸体边上的铁路指南,翻开在"贝克斯希尔"的一页,这几项能够归纳出什么呢？似乎只是出于偶然，或者说命运不济，选择了这倒霉的一老一少，生活中有许多即兴式的杀人，可是虚构却不会做这种无聊的耍人的事，它既然设计了字母表的排序，就必定会给出解释，虽然现在只到"B"，也许还是出于偶然，但波洛有一双锐眼，他说："在我看来，似乎有一条极重要的线索——对犯罪动机的发现。"还是"动机"！"动机"是推理小说的核心，它和人的社会历史有关，所以是语言文字擅长的表现，不像痕迹，需要以直观的方式传达。现在，字母表的第一、第二位尚看不出迹象，也许，第三位"C"，会透露出什么。

"C"适时到来。切斯顿（Churston）发生了谋杀案。死者是一位爵士，名叫卡迈克尔·克拉克（Clarke）。终于出现一个有身份的人士，这符合波洛一向的口味，它意味着可能是一位有品的凶手。但是仍然没有办法将这三件谋杀案连贯起来，三个被害人年龄、职业、身份、社会地位大相径庭。克拉克爵士是位喉科专家，业内很有声望，继承了富裕的伯父的遗产，在海湾购置两英亩土地，盖了一幢海景房，收藏名贵的中国瓷器，过着优渥的退休生活。缺憾是爵士没有孩子，妻子长卧病榻，这样的家庭是需要帮手的，幸好有兄弟，还有秘书，为他打理日常事务。看起来什么都搞定了，但换个角度，人生向晚，难免有一种凄凉。所以爵士在悬崖底下中枪，兄弟自然就得出自杀的结论。就这样，"C"案件，自成一体，惟一与"A""B"案共同的符号，就是铁路指南，总是在场，总是翻开在记录地名的那一页。它确实透露出一种性格，像是孩子气，蒸汽机开启工业时代的英国，男孩子通常喜欢火车，又像是傲慢，嘲弄并且挑战波洛，匿名信都是写给波洛的……可是当性格孤立地存在，没有任何事物与它配置，就无法形成逻辑这样推理的武器——在这里，痕迹，不知所出，动机，无从判断，单剩下抽象形式，即 ABC。一筹莫展，只能等待"D"案出现。果然，第四封信来了，九月十一日唐克斯特（Doncaster），其时其地恰好举办赛马会，于是警力围绕赛事戒备森严。但是事情却发生在了电影院，被害人叫厄斯菲尔德（Earlsfield），姓氏以"E"开头，"D"被跳过去，字母表排序变形了。可能是杀错人，电影院黑乎乎的，果然，死者隔壁座位的先生名字以"D"开头，这像是合理的解释。但是波洛不这么认为，他觉得凶手更可能是不知道怎么收手，就像画家考虑边框四角的处理，让它既自然又向核心区域集中，完成创作的母题。那么，就是说，连环谋杀案结束了，因为目的达到了，目的就在ABC 的排序里。波洛看见了一个高智商的罪犯，他将一个有动机的谋杀嵌入无动机的系列，以外部特征，也就是字母表，掩盖了真实的企图。那么三件谋杀案中哪一件有动机，也就是死亡会带来收益，是"C"案，爵士的兄弟富兰克林，将继承哥哥的遗产，还可能觅得佳偶，爵士美丽的秘书。

这是一个颇具形式感的谋杀案，波洛总是对形式着迷，应该说阿加莎·克里斯蒂对形式着迷，我甚至怀疑她先是有了形式，然后设计内容，比如《无人生还》。十个人受邀请来到岛上做客，主人却不出现，然后便是连续的死亡，每一种死法都对应了那首古老的黑孩子的童谣："十个黑孩子去吃饭，一个呛死剩九个。九个黑孩子睡过了头，一个不醒剩八个。……"顺延至第十个，于是一个不剩，无人生还。马普尔小姐的故事里也有童谣，比如《黑麦奇案》，"唱个歌儿叫六便士，一口袋黑麦，二十四只黑画眉烘在一个馅饼里。……"一首老歌，对别人没什么，按马普尔小姐的说法，"但如果一个人是听《鹅大妈》的儿歌长大的——那可就意味深长了"，可不是，每一句都与案情吻合！让童谣做马普尔小姐的形式，真是再合适不过了，在乡村度过终身，身边都是具体的人和事，生动活泼的表面底下，潜藏着定律，童谣则是一种隐喻，它透露出机密。这却不是波洛的菜，一个外国人，住在伦敦，将侦探当作职业，他缺乏在地的生活经验，只能运用"灰色脑细胞"，做拼图游戏。我猜想，这不定是作者让比利时人担任大侦探的用心，与现实隔绝，纯推理破案。

录音整理：王晴、李淑宁、钟宇晨、法雨奇、鞠欣、崔天月
二〇一九年九月二十七日讲于浙江大学
二〇一九年六月四日整理于上海

第六讲：美国纪实小说

开始之前，我要补充回答上堂课的一个提问，不知道这位同学今天来了没有，她——我记得是一位女生，她提的问题是，王老师，您的小说里面的逻辑，和推理小说的逻辑是不是一样的？我觉得这个问题提得非常好，可是当时有点懵，匆忙之间没来得及思考，草草应对，自己也不满意。静下来想了想，觉得这两者的逻辑还是不太像，推理小说的逻辑其实是一种虚构的逻辑，或者说理论上的逻辑，而我们的小说，写实主义的小说逻辑，它基本原则是对生活经验的借用，就是说由生活经验规定和检验的逻辑，这两个逻辑都是从合理性出发，但生成的来源不太一样。我为什么要重提这位同学的问题呢？因为这个问题很重要，它意味着虚拟和写实的关系，相对今天的课程，又意味了纪实与虚构的关系。这两对关系实是容易混淆，前一对用于类型小说和现实主义写作的概念，后一对则是针对虚构和非虚构的文体。在前一对关系里，就像我方才的回答，推理小说是虚构的——我还是用"理论"的说法比较安全，因为"虚构"这个词很快就会和相对"非虚构"的"虚构"混同起来，推理小说是"理论"的逻辑，写实小说是借用生活经验的逻辑，而"纪实"，也就是"非虚构小说"，不仅是借用而且是直接使用了现实的资料。如果说推理小说是一种具有设计性的逻辑，写实小说则从生活的普遍性提炼出逻辑，那么，非虚构写作的逻辑则是由特殊事件本身提供，它是已经发生过的事情，它们的逻辑不管你承认不承认，都有了结果，成为事实，不能修改，所以就是单一的个别的逻辑，至于如何使之辐射更长的半径，覆盖更广阔的生活，就是我们今天要讨论的。为什么要将纪实小说列入课程，专门辟出一题，是因为纪实小说已成潮流，有着强劲的趋势。

先要解释一下"纪实"的概念。"纪实"这个名词，追溯起来是从英文Non-Fiction而来，即"非虚构"。在欧美传统里，将文学分两大文类，虚构和非虚构，虚构自然指小说戏剧诗歌，非虚构的范围就大了，囊括虚构以外的所有写作、散文、杂记、日记、传记、游记、回忆录……我们今天讲的"纪实小说"，即非虚构中的叙事体，用小说的模式，即人物、情节、细节的要素，结构真实的事件，现在几近成为阅读的主流，称得上类型小说之一种，书店迎门的案子上，平躺甚至码堆的，它们就占了很大的部分。讲题的全称"美国纪实小说"，为什么是"美国"，因为这个文体可说是从美国开始。我个人对美国小说兴趣不大，因为美国，大家知道，这个由移民组成的国家历史很短，有着初民一般天真的性格，新大陆可说蛮荒之地，密西西比河很像亚马孙河，未经开发，丰腴肥厚，一切都是新发生新长成。那里的故事大多是人与自然的搏斗，海明威、杰克·伦敦、斯坦贝克，就是明显的例子。而我对人有兴趣，对人和人的关系有兴趣，把人放在荒野里，会让我有疏离感，完全失去想象。我喜欢有人的世界，可能和自身的生活经历有关系，我在城市里长大的，城市充满了人的活动，挤挤挨挨的。我看中国的山水画会觉得非常寂寥，天人合一的观念我能在理论上接受，视作一种哲学。但美国的荒原却是人的世界，人终将成为征服者，这样二元对立的观念释解下的自然，似乎又缺乏哲学的趣味了，好像唐·吉诃德与风车作战，呈现滑稽的漫画场面。我承认我对美国小说有成见，即便如此，我还是觉得美国小说是一个重要的话题，在它背后，横陈着勃勃有生机的新人类，充满雄心壮志，相信人可以创造一切，不是说不信神，相反，"五月花号"送上岸的都是清教徒，他们视上帝为神圣，而人是实现上帝意志的力量，所以才无所不能。创意写作课程就是造物之一项，它从美国起源，到今天为止，创意写作课程已经蔓延到全球，经典主义的欧洲对它很瞧不上，可是英国许多大学里不也在开创学科，东英吉利大学的创意写作专硕，出来一个麦克尤恩，还出来石黑一雄。我去过的曼彻斯特大学，也有创意写作。当然美国还是重镇，据说创意写作国际会议，美国到会百分之九十以上。设置这样的课程，也意味着写作，即便是相当程度取决个人特质的活动，美国依然认为是可以后天造就的。除去大学里的写作课程，还有大量的经纪人，他们是写作和出版之间的桥梁，对作家和作品进行海选、包装、推广，提供给出版公司。就这样，形成一条产销链。虽然不那么合乎艺术创作的精神属性，但因为数量的可观，因循概率原则，还是有特异的出品，并且，新大陆没有历史沉积和传统压力，可

　　轻松上阵，从老路上另辟蹊径，开出别一番天地，纪实小说就是其中一项吧！美国盖伊·特立斯的纪实文学《被仰望与被遗忘的》前言里，告诉我们二十世纪六十年代，对这类文体的称谓，叫作"新新闻"，又叫"新闻小说"，还有"准新闻"，多少带有一些讽意，尤其是第三种，"准新闻"，出自权威评论家，《纽约客》撰稿人德怀特·麦克唐纳（1906—1982），从这三个字就可见出怀疑的态度，又是"新闻"，又是"准"，究竟是事实，还是戏剧加工？我们将这讨论搁置不提，因为有太多的意见和辩解，但"新闻"两个字——三种说法里都有它，至少透露一个事实，那就是纪实小说来源于新闻。这和新大陆的历史也有关系，辽阔的土地上，来自各地的人口，按区域族群亲缘聚居，自治行政，教育、邮电、交通、宗教，从无到有，逐渐完善成一个个小社会，其中必不可少报业一项。至今，美国的唐人街中国店还有免费的报纸，通告大事小情：房产开盘，商铺招租，求工用工，节假日的庆典，等等。有一年在伦敦的皇后街上的东欧杂货店里，还收到过新移民自办的小报。我生活的城市上海，听说也有日韩侨民的刊物。相比较而言，美国是个移民国家，民间传媒就更发达了。我相信一定会有专门的研究，调查美国报纸分布的版图和消长的曲线，以及各时期从业人员的数量，最后由资本大鳄归并，成垄断之势，是国家建成发展的又一种叙述。对此我没有宏观性的了解，只是作为常识知道，很多重要的美国作家都是记者出身，最著名的是海明威。他们的写作生涯，往往从记者开端，而记者的经历又向他们提供大量的社会材料。方才说的盖伊·特里斯，他的这部《被仰望与被遗忘的》，就是来自多年的采访和专栏文章，积累成书。有一个小小的细节，也许并没有意义，但也许可视作文学史的暗示，盖伊·特里斯出版《纽约——一位猎奇者的足迹》，后来成为《被仰望与被遗忘的》第一部，是在一九六一年，正是海明威去世的一年，似乎，标示着虚构小说和非虚构小说接棒的时间。其时，杜鲁门·卡波特正在为写作《冷血》做准备，很多事情同时在发生，分别看也许体现不出因果关系，从全局着眼就不能用偶然性来解释了。艺术史，文学史，甚而扩大至文明史，一个变革发生之前，其实已经走过漫长的道路，最终殊途同归。倘若我们去到美术馆，同一时期内，除了那个最具代表性的艺术家之外，还有着很多很多人物和作品，他们共同实验和创造，推进运动，形成潮流。很多很多人、很多很多时间，开出一线新路，再由后继者拓宽，酝酿下一次变革。所以说在我们今天要讲的《冷血》产生的年代，甚至更早之前，美国的所谓"新新闻"写作已经起步，《冷血》可说是趋向成熟的一个标志性事件，同学们如果有兴趣研究非虚构写作的起源和成因，可以更进一步检索资料。

　　方才说过，我们习惯称"纪实小说"，通常不太用"非虚构"这个词，"非虚构"这个词容易和大文类的概念混淆，"纪实小说"这个名词，既可以说明它相对虚构而论的真实，同时也强调了小说的体例。在我们的文学史上有一种文体，叫作"报告文学"，产生于政治政策宣传推广的需要，曾经极短暂的，它承担了社会批判的作用，但这个职能很快被主流覆盖，报告文学又回到表彰鼓励的正统。台湾地区有个相似的文类，叫"报道文学"，报道文学的范围比较宽广，价值体系也较为开放，面向社会各阶层的现实状况，中心和边缘，正极负极。无论"报告"还是"报道"，都透露出从新闻出发的起因，而表现的差异，其实是延续了不同体制下的新闻观念。到了二十世纪八十年代，思想解放推动下的中国大陆新时期文学，报告文学接续上社会批判的前情，这是又一个话题，不在今天的课程。我想证明的是，无论承认不承认，"非虚构"和新闻确有渊源，同时呢，它又和文学暗通款曲。我选择《冷血》作分析的文本，首先，至少从现象上，它被认为是最早的纪实小说，即非虚构小说；其次，它相当程度做到非虚构和叙事的兼顾，一方面，保持了客观的真实性，另一方面，不放弃主观的认识，从一桩刑事案件中最大限度阐释出社会的面貌；第三，除去这些带有文学史价值的评介，回到作品本身，无疑是一部完整的作品，所谓完整指的是具备了情节和人物两项基本要素。《冷血》中的事件从发生的一九五九年十一月十四日，到作者最后完成写作的一九六六年，过去了六年多时间，所以你就知道，新闻的一个特性取消了，它没有即时性，过了六年多，当时的孩子都长成少年，惊悚的场面淡出人们的记忆，所以它不再是热腾腾的坊间话题，当它再次引起轰动，就不是事实上而是阅读的缘故了。我想这是新闻和文学的重要差别，延伸起来，大概也是现实和艺术的差别，到马路上直击现场，和文字叙述里再现情景，体验是决然两种，前者是原始性的，后者经过了思考的提炼。普通人的观看和写作者的观看，是有差异的。我们创意写作班的课堂练习，有两个同学，同是取材上海二十世纪三十年代，我说你们各自在选定的年份里随机挑一个日子，到图书馆查看那一日的《申报》，回来告诉你们的发现。一个同学没有提供任何信息，另一个同学则特别注意到，那一日的《申报》

有较大篇幅报道一个趣闻，就是中心城区，开出很多男装店铺，一战结束，二战未开，间歇的安宁世道，上海这一个服装之都忽然发现男装稀缺，于是市场立刻跟进，开拓时尚，这就很有意思。前一个同学，我怀疑她有没有做功课，当然，我们假定她是做了的，但却是普通人的"看"，后一个同学则接近写作者的"看"了，天赋也罢，能力也罢，或只是兴趣爱好，总之，这就是差异。

现在，我们可以进入文本了。首先，要解决一个问题，作者为什么选择这样一个案件，要知道，几乎每时每刻都在发生意外事故，是什么样的特质使得作者决定调查这一件，写成一本非虚构小说？可以很快回答的是，这是一桩破解了的案件，它合乎故事有头有尾的原则，历史上有多少悬而未决的积案，美国特工，犯罪学家约翰·道格拉斯，专写过一本《顶级悬案》，记述了八宗世界著名的大案，"开膛手杰克"就是一桩，"黑色大丽花"也是一桩，因没有结案，所以无法完整为小说，其中"林德伯格绑架案"倒是被推理女王阿加莎·克里斯蒂取材写作成《东方快车谋杀案》，很幸运，《冷血》非常偶然因而相当戏剧性地破解了，这就让它能够成为叙事写作的选项。但这是外部的有利条件，应该还有比较深入的本质性原因，这就是我们接下来要进行分析的任务。

我们已经知道，《冷血》所写作的案件发生在一九五九年十一月十四日。一九五九年在美国是什么样的时间段呢？大萧条从一九二九年持续到一九三三年，经过二十多年的回暖，全面复苏。艾森豪威尔执政下，向各国出口农产品，是农场主的黄金时代。老天也帮忙，案发之前的七年，风调雨顺，收获丰盛，总之，是个好年景，安平世道。凶杀案发生地在堪萨斯州，就是农业州，最著名的是牛仔，专有一个牛仔博物馆。打开地图，顺时针方向考察周边地区，可以看见在堪萨斯州的东边，是科罗拉多州，斯蒂芬·金的小说，后来改编为电影的《闪灵》，发生在这里；北边是内布拉斯加州，斯蒂芬·金的故事也曾发生在这里，比如《暗夜无星》；西边，密苏里州，是北美大陆东西通路，当年开发西部的队伍就从这里经过，所以中心城市圣路易斯有一个拱门型纪念碑，马克·吐温出生在此，他写过许多家乡的人和事，更近些时间，作家约翰·威廉斯的小说《斯通纳》，也是写的那地方；下到南边，俄克拉何马州，那里发生过震惊全国的案件，一九九五年，一辆载满烈性炸药的卡车长驱直入州政府大楼，正是工作日上午九点钟，大人上班，将孩子送进子弟幼儿园，近两百条命灰飞烟灭。大楼旧址上建了纪念广场，清水池畔，立一片空椅子，大椅子是大人，小椅子是孩子。这就是美国的腹地。我们从好莱坞电影里看到的美国，多是纽约、旧金山、芝加哥的大城市，有着繁荣活跃的现代生活，即便荒凉的西部，要不是马背骑射，就是拉斯维加斯式的骰子人生。但那都是传奇化的美国，真实的美国是在腹地，极目远望，只看见大片大片的庄稼地，种着玉米、草籽、大豆，隔了好远好远，出现一个谷仓，一户人家。所谓的小镇不过是一条街道，几幢楼房，要从居住地到达需要驱车一二甚至数个小时。只要看斯蒂芬·金的小说，他的故事总是放在遗世独立的地方，就像上面举例的几则，在这样的无人区，发生任何诡谲的迹象都是可信的。俄克拉何马州的惨案仿佛就是吸血鬼传说的现实版本——考察犯罪人的过往，没有发现动机，能够提供解释的似乎只有一条，那就是孤独。从人头攒动的纽约出发，往任何方向驱车十分钟，就能看到地平线，呈现出弧度，你几乎能看到球面地表，天地辽阔，人变得很小，完全不能主宰命运的样子。所以我说，美国是在美国的中部，那里有着本质性的存在。

事情发生在堪萨斯州西部高地的霍尔科姆村，即便在人烟稀疏的堪萨斯州，它也算地处偏僻，距离最近称得上"市镇"的是加登城。加登城临近科罗拉多州，人口一万零一千，建于南北战争结束后聚集而来的开拓者。美国的历史都是可追溯到头的，人们甚至记得加登城第一位来到的琼斯先生，外号"野牛"，因捕猎野牛得名，从几间帐篷，几根拴马柱发展成牧场中心，派生酒店娱乐业，后来，新街建成，随即开出百货公司，超级市场，公共图书馆，动物园，游泳池，报业——报业来了，琼斯先生就破产了。作为加登城的郊区，霍尔科姆村的规模就更有限了，它只有二百七十名村民，分布在广袤的平原，一条铁路穿过，将村子分为南北两半。南部流淌着阿肯色河，北面横陈 50 号公路，东西两侧为牧场和麦田，是霍尔科姆居民的主业，作为外快，再加上些许天然气开采。村落中心有一座水泥房子，霓虹灯招牌写着"舞厅"的字样，但早已停止经营，霓虹灯也熄火了；附近还有一幢建筑，玻璃上写着"霍尔科姆银行"，字迹斑驳，事实上，二十六年前的一九三三年，大萧条结束之际就倒闭了，改造成公寓；除了这一座，村里还有另一座公寓，同样的破旧，因住着当地学校的许多教师，被称作"教师公寓"；火车站南边是邮局，员工编制为一名局长，一名邮递员，邮递员是局长的母亲，她每天的工作就是到铁路旁边去，等火车经过，所有的客车都不停站，只在快速行进中扔下邮包，邮递员负责拾起来，带到邮局登记；公路边有两处加油站，一处兼营杂货店，一处附设咖啡馆。这咖啡馆和教堂同样承担社交场所的功能，不同在于传播的是流言，可说八卦的集散地。这一些都在表明霍尔科姆的凋敝，但是和荒凉景象不太匹配的是，村子里有一所漂亮的学校，学制从幼儿园到高中，师资雄厚，设施健全，学生通常在三百六十名，甚至有十六英里以远的孩子过来读书，这不仅透露出破败的表面底下的殷实，还是地区复兴的迹象。按人口数量看，霍尔科姆村的移民比例相当高，有德国、爱尔兰、挪威、墨西哥的，甚至还有一户日本人，就仿佛一个微型的美国。二十世纪八十年代，我曾在爱荷华住过一段时间，那里有一个著名的德国社区，Amana，本是天主教下的一个支脉，十九世纪迁徙到美国，从东海岸登陆，经过堪萨斯——就是我们的故事发生的地方，最后在爱荷华定居，我最近一次，二〇一六年去，他们还在那里。爱尔兰在十九世纪的大饥荒中，大量的移民甚至在一定程度上改变了美国人口结构，爱尔兰作家科尔姆·托宾的小说《布鲁克林》，二〇一五年改编电影，讲述的就是这段历史的后续。这个平静的地方，不可避免地会发生凶案，有记录可查的如下——

一九二〇年八月三日，一名牧场工人，开小差的士兵，偷过一辆车，对着盘问他的警长开枪，然后骑马逃逸；

一九四七年，加登城旅馆房间，三十二岁的印第安克里克族人，用啤酒瓶破口扎死四十岁的女招待；

一九五二年十一月一日，两名铁路工人抢劫杀害一个农夫；

一九五六年六月十七日，一个醉汉殴打妻子致死；

之后又有一起案子，两个男孩在公园男厕起纠纷，凶手将死者的尸体埋下去，挖出来，换个地方再埋再挖——

从时间段和数量看，发案率相当有限，多出自愚钝野蛮，这也合乎新大陆草创社会的人性。总之，霍尔姆斯村在地理、历史、经济、人口构成等方面，都体现了普遍性上的美国国情，可说是一幅标准图像。

被害人赫伯特·威廉·克拉特，克拉特家族起源德国，不晓得和爱荷华 Amana 社区有没有渊源。首批移民于一八八〇年来到，二十年算一代的话，到他就是第三代。事发时他四十八岁，以此推算出生于一九一一年，在大萧条中度过青年时代。美国大萧条是一段悲惨的历史，很多人沉没，克拉特先生在此期间完成堪萨斯州立大学农业专科课程，和同学的妹妹恋爱结婚，堪称幸运者。一九三四年，带着妻子搬到加登城，担任县属农业社的助理，七个月之后便进入领导层，做了头。农业社的职能是在散户农庄与政府之间联络沟通，上传下达，从他迅速晋级可以看出这是个能主事的男人，完全可能继续升职，甚至从政，参选议员。可是克拉特的理想是做农庄主，所以做满四年任期的一九三九年，毅然辞去农业社的工作，贷款租地，建立自己的"河谷农场"。创业的道路总是艰难的，从一九四〇到一九五〇年十年里，经历两季小麦歉收，在一次暴风雪里损失几百只羊，他的产业就在这进一步退两步中扩大：克拉特名下的土地所有权超过了八百英亩——一英亩相当于市亩六倍多；租地权三千多英亩；几百头种牛；尤其是一九四八年完成四万美元的住宅，到事发的一九五九年，升值为六万美金，雇员也增至十八名，其中一名全日制住宿长工。就在意外发生的前一日，他签下一份大数额的人寿保险，这也证明他对生活有着长远的理性的计划。

在宗教信仰上，克拉特先生属卫理公会。我查了一下"卫理公会"，是基督教新教之一，主张循规蹈矩行事做人，被称作"循道派"，创始于英国约翰·卫斯理，一七三五至一七三八年，和兄弟查理·卫斯理到北美洲佐治亚州殖民地传教，发展了教众，美国独立以后，卫斯理教会脱离圣公会独立，它的信徒是认同美国的最忠诚者，它的教义也合乎新大陆移民勤俭发家砥砺前行的精神。这意味着什么？意味着我们的男主人公对他的新国家很认同，同时身体力行卫斯理恪守正道的生活原则，他雇人的条件是不抽烟喝酒，儿女必须在晚十点之前回家，周六可宽限到十二点。他有一个正常的家庭，三个女儿一个儿子，大女儿在伊利诺伊州北部结婚成家，这里的人生活动通常在有限的范围进行，比如他在堪萨斯的大学就读，回到堪萨斯的加登城工作，再到加登城郊区的霍尔科姆村开发农场，娶的是同学的妹妹，相对而言，女儿去到隔了密苏里州的伊利诺伊州，算得上远嫁了。二女儿在堪萨斯城读护士专业，和医科大学生定亲，婚期已在眼前。三女儿和小儿子在读中学，因而留在父母身边，三女儿十六岁，有个男朋友，老爸允许他们交往，但不意味着接受，相反，他知道分手是必然的结果，还是因为信仰的分歧，男孩子出自天主教家庭，相信女儿一定会服从命运，他从不怀疑自己的掌控力。惟一让他有些失措的，大约就是太太的健康，检查不出任何器质性的问题，但就是眩晕，紧张，以致沮丧哭泣，转向精神科治疗，效果也不怎么样。可是事情逐渐趋于转变，经过两周的疗养，终于确诊，症结原来在脊椎骨错位，于是，低迷的情绪振作起来，重见曙光。一切都在向好，我们中国人讲起来就是吉象，毫无凶兆。

前一天还好好的，第二天是礼拜日，女儿同学的父亲开车，捎她去教堂，一喊二喊没有人应，就去喊来另外一个同学，从后门进去，美国中部的人家常常不锁门，三五里不见人烟，能有什么不速之客呢？于是，两个女孩目睹了血腥的现场，同学的父亲跟进去试图打电话叫救护车，这才发现电话线被切断了。这里有一处闲笔，就是两个吓坏的女孩跑到教室公寓叫人，一位邻居应声出来，这个邻居是什么职业呢？英语教师，但怀揣小说家的理想，为了寻找写作素材，从早到晚看报纸，小姑娘求援的时候，他就正在看报纸。这个细节无意中印证了美国作家从新闻入手的推测吧！一场灭门案就此敞开在众目睽睽之下，一家四口，爸爸妈妈，女儿儿子，一一中弹，父亲被杀的过程更长也更残酷，捆绑、吊起、放下、割喉，最后开枪。房子里并没有少什么东西，因为赫伯特先生还有一个习惯，不喜欢用现金的，只用支票和信用卡，所以说，搜索下来，可以断定的失窃，只有女儿儿子总共三十几美元零用钱，就这么一点点小钱，却付出四条人命。现场收拾得很干净，没有明显的痕迹，但是有一些状况却不可思议，首先，女性都没有遭到强暴，而这是此类案件中必定会发生的，再有，死者似乎都受到很好的照顾，母亲绑在椅子上，好像正在做祈祷，女儿脸朝里躺在床上，虽然被绑着，但悉心盖上了床单，儿子的位置在沙发，脑袋底下很舒服地垫了两个枕头，即便是遭遇虐待的父亲，身下也垫了纸板箱。这些奇怪的表现并不能为破案提供什么线索，但是却透露出作案人的某种性格，将在以后的情节中浮出水面。我们可以窥察到叙事的策略，向小说的文学性接近。行文到此为止，惨案的已知条件都摆在面前了，似乎没有更多要交代的了，但是，有两个场景我们不能忽略，尽管和事件本身关系不大，只是增添了悲剧的气氛，但恰恰这一点，也许就体现出纪实小说，即非虚构叙事的某种文学特质。事发两天后，一九五九年十一月十六日，赫伯特先生的四个好友，打猎的老伙伴，结伴来到河谷农场的大宅子打扫清理，从中午干到黄昏，将沾染血迹的衣物家具搬上卡车，运到麦田深处焚烧。再过几个月，一九六〇年三月二十一日，河谷农场的谷仓里举行拍卖，拍客从周遭几个州驱车来到，人数超过五千，拍卖物有拖拉机、卡车、手推车、木桶、木材、烙铁、马掌、马具、洗羊用的清洁剂……一个农户兢兢业业持家立业的劳作，生动具体地展现在眼前。接下来是孩子们的玩具，男孩子的"追狼车"，一辆破车，在月夜下驱赶郊狼的景象一去不回；女儿的马匹"宝贝"，又肥又大，宽阔的背部可以并排坐两个小姑娘，走过麦地，来到河边，涉入水中——友人说："这简直就是第二次葬礼。"第一次也是正式的葬礼，在地方媒体《堪萨斯城星报》做了报道，可那是例行的仪式，在仪式以外，还有着许多细节，留给了口口相传，那就是小说。

到此，案子就算结了，活着的人继续着自己的生活，葬礼以后第三天，趁着远道赶来奔丧的亲戚都在，克拉特家的二女儿将预定圣诞节的婚礼提前，当地的《电讯报》刊登了启事。也是《电讯报》，隔天的头版上，发表了孩子们的大舅的来信，对民众表示谢意，呼吁大家消除对凶手的仇恨，"让我们像上帝宽恕我们一样宽恕他吧！"可是，仿佛上帝必须要给世人惩恶扬善的训诫，封闭的事态忽然破开缺口。堪萨斯州监狱，一名年轻的犯人，听到新闻广播，惊得跳起来，他确定是谁做的，因为害怕被当作"告密者"遭到同狱者的虐待而闭口不谈，这就是监狱的潜规则，"告密者"是人民公敌。他关注案子的进展，眼看着陷入僵局，并且淡出新闻，实在忍不下去，向一个天主教徒的狱友告白，狱友向典狱长传话，促成个别交谈，于是真相大白。这位知情人十年前在河谷农场做过短工，因盗窃入监，室友名叫迪克，服刑已满，即将保释，是个自大的家伙，吹嘘要做一番大事业，还经常提到他曾经的朋友，有着一半印第安血统，名叫佩里。不知怎么，克拉特先生成了他们热衷的话题，坐监的日子总是要谈到各自的经历，迪克对这个农场主很有兴趣，提出种种问题，非常详细，详细到什么程度？要他画一张克拉特家的平面图，连地下室都画了。在无聊的囚禁日子里，也可以解释成消遣，当时并没有在意，这时候猛醒过来，他肯定就是迪克干的。他说得太多太多了，亲身经历再加上想象，说他们家有几万美元的现金，也是吹牛吧，表示自己眼界很宽，美国人都有些像孩子，又像未开蒙的野蛮人，可是谁能想到，八卦似的随口说说结果酿成惊天大祸。案子就是在这里打开了一角。

　　从事发到破案，都是偶然性作祟，堪称奇案一桩，当然，凡是发生的必定有它自身的合理要素，即社会意义，因而成为作者写作的题材。大约也可以回答我们分析文本开头的那个问题，为什么选择这个案子，它先天优越，在某种程度集中和概括了二十世纪六十年代的新大陆，理性和原始性，文明和野蛮的共存、对峙、冲突、牺牲。而我以为，《冷血》真正从"纪实"走向"小说"，是在迪克和佩里的出场。于是，就有了第二个问题，非虚构里的文学成因，而它一旦发生，就已经有了答案。前面说过，克拉特先生可作为模范公民的典型，是个理想人物，我们都为他遭遇不测扼腕痛心，而这两位却更合乎小说的原则，那就是个体性。

这两个人其实早已经出场，这也是作者极力向小说文体靠拢的企图吧！凶手和被害人同一时间段里的活动，以齐头并行的方式描写，终脱不了小说线形结构的限制，还是有个先后的排序。但这样交替叠加，来回对照，使我们能够预感到厄运来临的紧张，通篇弥漫宿命的空气，似乎是，人算不如天算，该发生的一定会发生。仅仅作用于氛围并不足以释放文学的能量，需要有更多的支持，才能将一桩真实发生的事件提升为叙事艺术的创造。

迪克和佩里——在我的儿童时期，二十世纪六十年代，有过一部著名的动画片，叫作《没头脑和不高兴》，我现在就借用他们的名字，迪克是"没头脑"，佩里是"不高兴"，先来说说迪克。二十世纪八十年代，我和母亲在爱荷华大学，参加"国际写作计划"，校庆日有一项活动，橄榄球，即美式足球比赛，我和台湾作家陈映真坐在一起看球，四下里人群潮涌，喊声震天，惟有我们两个中国人无动于衷，不明白为什么要这般激动，忽然间陈映真站起来，对着身下一片欢腾大声叫道："傻瓜，你们这些傻瓜！"我想，"没头脑"就是无数"傻瓜"中的一个。他每一次人生事件都是出于心血来潮，二十八岁的年龄，已经有两次结婚和离婚，生下三个男孩，一场危险的车祸挤碎了他的脸，微笑又将碎片重新组合并且协调。但这种盲目的人格并非来自愚笨，相反，他的智商高于平均水平，他是一个能干的机械师，他的作案计划从生成到完成相当完美，他还有一个手艺，开假支票，后来逃亡的资金就来源于此。当然，他就是一个"傻瓜"，会为了一个球跳脚呐喊，作案的当日，家人惟一感到反常的是，他居然在电视转播球赛的当口睡着了！他之所以和"不高兴"分享他的信息资源，并且纳入合作伙伴，是因为崇拜的心理，"不高兴"向他描绘用自行车链条杀死一个黑人，这桩事迹不仅表现魄力，白人的种族观念大约也让他视其为同道。事实上，这段故事完全出于杜撰，他自己也不是纯粹的白人。说到这里，我忽然很羡慕作者的好运气，他有幸邂逅这么一个题材，同时呢，没有对关键细节视而不见——这样的能力也许非虚构比虚构更重要，因为不能倚赖想象，而要忠实事实。现在，说到佩里，也就是"不高兴"了。在"没头脑"有限的观察力和语文教育，"不高兴"被形容为"顾影自怜""多愁善感""爱幻想"，这些肤浅的表述从某种方面意味着"不高兴"是个有内心生活的人。这位印第安和爱尔兰白人的混血儿，外貌上更接近母亲也就是印第安遗传，扁平脸，深肤色,浓黑的头发,拜车祸所赐,美洲大陆天晓得有多少车祸，他身体畸形，上半身魁梧，下半身短小并且孱弱，站起来只有十二岁男孩的高度，终身经受疼痛的煎熬，离不开阿司匹林，渐渐就上了瘾。父亲和母亲是大篷车的搭档，表演马术和空中套索，可以想象那是多么浪漫的一幕，他就出生在巡演途中的拉斯维加斯，一家人过着吉卜赛人的生活。可惜好景不长，母亲有酗酒的习惯，终于在一次酒后呕吐中窒息而死。这个家庭仿佛中过诅咒，更像是进化中留下的缺陷，理智不健全，下一代多死于非命。大姐踏母亲覆辙，染上酒瘾并且滥交，在旧金山跳窗自杀；大哥本来是子女中最有希望的一个，以全班最高成绩高中毕业，二战期间在海军服役，娶了生性轻薄的女孩，疯狂的妒忌逼迫之下，妻子开枪自杀，他也跟着开枪，惨烈地殉情；还有一个早死的小妹妹。小姐姐才情平平，大约正因为这样，过着正常人生，相夫教子，勤俭持家，逐渐步入中产阶层。她显然非常害怕噩运再次降临，它已经带走原生家庭一半以上的人口，我想她从来不相信自己会是好命的一个，可现在，不管怎样，危险的因素在降低，只剩了一个弟弟"不高兴"，她怕他。

作者在"不高兴"身上做了很多功课，我们不一一重述，只说一桩事情。就是自打出狱，到犯案，然后逃亡，他随身携带的两口箱子，最后的落网，也是这两口箱子漏了风，他将它寄存在拉斯维加斯，领取时候被守候的警察逮捕了。拉斯维加斯是他的出生地，又成了他的归宿，里面似乎真有定数。宝贝箱子里收着些什么呢？书、地图、歌本、信件，以及很多"破烂"——按寄存地方的女房东的说法。在我看来，最有意味的是三份文件，第一份是父亲为帮他获取保释写给监狱的陈情书，题目为"我儿子的一生"，在这篇打字错误频出的文章里，他记叙了儿子的成长经历：被母亲带走，经过离婚官司，争取到监护权，于是回到父亲身边，父子乘着房车四处游荡，走出艰难的大萧条，迎来二次大战，在一艘商船上开始他的职业生涯，先是船员，再是公路局，然后铁路，"朝鲜战争"中从军，退伍，开推土机、铲车、重型拖拉机……文章中特别强调了老爸一直以来的道德教育，当然，前提是儿子具有善良正直的天性，

"他在很多地方跟我很像"，不排除自我标榜的成分，但是，很可能有几分实情。案发现场那些不可思议之处，都是出自"不高兴"的意志，他坚决不让"没头脑"侵犯两位女士，尤其是年轻的克拉特小姐。他有一些类似洁癖的禁忌证，其中就包括憎恶不能控制的性欲。这篇《我儿子的一生》被他翻来覆去看了上百遍，每回都是爱恨交集。

　　第二份文件是小姐姐的信，这封充满说教的信让他心生反感，甚至唤起仇恨的感情，所以留着它没有销毁，是因为威利·杰伊这个人——

　　于是，就有了第三份文件，这份文件包括了两个内容，一是威利·杰伊对小姐姐信的评介，题为"读信有感"，详细分析了让人激怒的原因，总起来就是"伪善"。毋论这"有感"对和不对，但无疑是对"不高兴"的唱和。现在，我们稍稍给出一点时间，看看威利·杰伊这个人物。威利·杰伊，一个瘦弱的爱尔兰人，三十八岁，一个惯偷，二十年里在五个州的监狱服过刑，在狱中担任牧师的书记，唱诗班的男高音，每当他唱起《主祷文》，"不高兴"便热泪盈眶，试图向他接近，立刻得到积极的响应，两人成了知交。获得假释离开的时候，威利·杰伊给他写了一封"告别信"，就是文件中第二个内容。告别信对"不高兴"做了描述，不无夸张，却让他满意，无论是《我儿子的一生》，还是小姐姐的信，都不及"告别信"里的"他"，得到认同和喜欢。信中写道："你是一个极富激情的人，一个饥饿却不是很清楚要吃什么的人，一个饱经挫折却拼命在牢不可破的世俗中寻求自己生存空间的人。"从这里我们能看到修辞的作用，它将现实美学化，同样一个人，常态的生活中远不如在文字里具有戏剧感，"不高兴"要的就是这个。他一直企图认识自己，别人告诉他的自己都不是他要的，存在证明的也不是他要的，现在终于有了，他喜欢威利眼中的自己。出狱以后的日子不如人意，他何时如意过呢？他就是个"不高兴"，从来没有服从过社会给他的定位，没有人认识他的真正的价值，除了威利·杰伊。就像等待情人似的，他等待威利出来的时间，然后搭乘灰狗长途汽车赶去堪萨斯城赴约。不幸的是，五小时之前，威利从他到达的车站离开了，于是他掉头赶赴另一个约会，就是"没头脑"的行动计划。"没头脑"和"不高兴"，"不高兴"和威利·杰伊，更像经过小说的塑造，虽然我们说，真实比小说更传奇，但这只是一句格言式的对想象力不足的批评，事实上小说的可能性一定多过现实，因它不必经受客观的检验。但是，已经决定了的客观世界里，尚有着超出常情的潜质，等待我们去发现，我想，这就是非虚构写作的文学性。

　　"没头脑"和"不高兴"的逃亡，如果暂时放下道德感，大概是这部纪实小说中最为浪漫和伤感的情节，我试图勾出路线，看见的是一幅鬼画符，没有目标，没有方向，走到哪算哪里。从堪萨斯南下，经俄克拉何马，在得克萨斯的拉雷多过境墨西哥；墨西哥城再出发，经圣迭戈回到美国境内加利福尼亚，长途车穿过沙漠北上内华达和怀俄明，搭顺风车西去内布拉斯加，爱荷华，偷得一辆雪佛兰，折返堪萨斯；接下来的出发是向西向南，密苏里、阿肯色、路易斯安那，再向西，密西西比、阿拉巴马，再向南，佛罗里达、迈阿密——如果看过《午夜牛郎》的电影，就记得两个混世魔王离开严寒中的纽约，投奔温暖的迈阿密，碧海蓝天下的椰子树行底下，达斯汀·霍夫曼饰演的那个小瘸子咽气了；就这样，我们非虚构里的两位在迈阿密启程，向东穿过墨西哥湾，到得克萨斯、新墨西哥、亚利桑那、内华达州，再次进入拉斯维加斯，被守候的警察逮捕，历时四十六天的漫游结束。作为虚构，这无头苍蝇似的逃亡也许缺乏设计感，构不成有意味的形式，但千真万确，于是，写作就又回到非虚构。

录音整理：朱思婧、杨鸿涛、夏沈纯、
欧阳高飞、谢诗豪、郑海榕
二〇一九年十月八日讲于浙江大学
二〇二一年七月十五日整理于上海

第七讲：贵族

今天这一讲的题目为"贵族"。各位有没有读过托尔斯泰的《战争与和平》？我以为《战争与和平》主要写两个人的故事，安德烈和皮埃尔。当安德烈公爵经历了一八〇五年拿破仑战争，负伤养伤，解甲归田；又经历妻子在分娩中去世，留下一个儿子，让他做了父亲；他蛰居乡下两年，管理庄园，解放农奴，推行医疗和教育，身心开始复原，逐渐扩大社交圈，终于出山了。其时，俄国上层的自由主义者正在酝酿司法、行政和财政改革，安德烈也呈交了军事条令的意见书，他给人的印象更接近改革派，但是他却自称孟德斯鸠的信徒——孟德斯鸠是法国十八世纪启蒙思想家，主张开明的君主立宪制，他说："君主政体的基础是荣誉，我认为这是无可争议的。贵族的某些特权，我认为是维持这种感情的手段。"安德烈不是保守派，可是他觉得不能取消贵族，因为贵族可以帮助我们保持荣誉的概念。那么，贵族究竟是怎样的一种人类？我们之前不是谈到过简·奥斯汀所写的那些没有嫁妆的女儿，也许就将孤老终身。在贵族阶层，嫁妆不会成为问题，比如我们今天要讲的安娜·卡列尼娜，她本就是婚姻中人。对他们这些人来讲，吃穿无须顾虑，生计无须顾虑，婚聘无须顾虑，他们被赦免了现实的义务，取而代之以务虚，他们迫切要解决的事情来自精神的领域，关乎命运的大事情在这里发生。很有意思的是，小说里的贵族家庭往往处在颓败的处境，比如《战争与和平》，罗斯托夫伯爵家的公子尼古拉，喜欢表妹宋尼雅，但这表妹是个孤女，寄养在他们家，当然谈不上什么嫁妆，而罗斯托夫家的财政也到了捉襟见肘的地步，他家的女儿，小说女主角娜塔莎，到莫斯科觐见未来的公爹保尔康斯基公爵，遭受到冷遇，除了老公爵的怪癖，多少还是因为寒酸，宋尼雅也很明白，慷慨地退出，让表哥尼古拉和安德烈的妹妹玛丽雅公爵小姐成了一对。这样处处可见的败迹，多半因为批判现实主义小说产生的时代，正是发生在社会激烈动荡，近代资本主义上升阶段，古典浪漫主义文学已经过去，人类走进粗鄙却生机勃勃的现代历史。就像上一讲说的，阶级的更替是最能出故事的。回到《安娜·卡列尼娜》，我想大家都记得的开头的那句话，"幸福的家庭家家相似，不幸的家庭各各不同"，说的是安娜的哥哥奥勃朗斯基家，他们家大概是安娜·卡列尼娜的整个社会关系网里面最狼狈的一家。钱永远不够用；奥勃朗斯基公爵的风流艳事永远没个完；孩子永远不嫌多，到故事开始的时候，已经活了五个，死了两个；佣人们永远在流动；出卖妻子陪嫁的山林已经上了议事日程！除他们家以外，我们在这里还看不到一个拮据的人，而这一家的财务困境也不是不可解决，妹妹安娜让出自己一部分产业给他，就缓和了窘况。所以，对于托尔斯泰这样的作家，他交给自己的问题，不是回答日常的生存之道，而是人的物质属性之上，是不是还有着天赋的灵魂的使命。从哪里来，往哪里去，产生于偶然，还是必然，感知的存在以外，有没有一种理智的运动？否则怎么解释思想，活跃在个体的内部，作用于人们的行为。我们可以在托尔斯泰很多小说里，或者说是在俄罗斯同时期作家的很多小说，都能看到，这种在苦闷中突围的企图。

很显然，托尔斯泰将这项务虚功课交给了贵族阶层，那么我们先来对贵族的生活做一些想象。已经说过贵族不需要考虑吃饭问题，那么他们如何打发时间？他们可是有大把的时间。有一个消遣，就是打猎。托尔斯泰很醉心表现打猎的场面，气势壮阔，激情奔腾。我时常想这些阔人们为什么醉心于这么一项活动？穿着破旧的衣服和鞋，徒步走过沼泽，在仓房的干草堆上过夜……为什么想出这些鬼点子？我想他们其实是想让自己退回到野蛮。他们想做野蛮人，想象自己在原始社会。人类文明进化开弓没有回头箭，退是退不回去的，那么就做一个游戏，一个成人游戏。

一九九二年吧，我到柏林，正巧顾城夫妇也在，参加文化局一年期的写作计划。当时他们去荷兰鹿特丹诗歌节，几天以后回来，带了一群中国留学生找我玩。关于他们所在的新西兰激流岛，以及他们的故事和结局，已经成为一个浪漫的传奇。远离尘世，童话小木屋，原住民毛利人，太阳从西边升起东边落下……事实上，这个小岛是旅游胜地，观光客从奥克兰顺道就过来了，当然，顾城的悲剧又给它增添了热点。那一天，他的妻子谢烨，说了一句话，这句话很有意思，她说，在现代社会过原始人的生活是非常奢侈的。我觉得她这话很有意思，可以用来解释，狩猎这个模仿野蛮人的游戏，需要很多物质条件，这些条件是在消费社会以外，好比《唐顿庄园》大女儿玛丽说的，不是买，而是继承。小说中的列文也说过差不多同样的话，他从心底看不上爵位的封号，说："我认为我们这些人才是贵族——至少，我们的渊源可以追溯到三四代祖宗。"再说狩猎，首先，要有领地，马队奔跑几个昼夜也不出边界，草原、丘陵、河流、沼泽、鸟群栖息地、野生动物出没的森林，今天富豪的高尔夫球场大概就是微型版。其次，要有装备，枪械不说了，即便是《战争与和平》里，每况愈下的罗斯托夫伯爵家还有一支打猎队，让我们检阅阵容：五十四条狼狗，由六个猎犬手带领；四十多条灵缇，由主人携八个农奴管理；一百三十条狗；二十多名骑马的猎人。第三，就是有闲，规模浩大的游戏，不仅需要广阔的空间，还要有充足的余暇。安德烈的父亲保尔康斯基公爵的消遣是高等数学和车床，前者是古代哲人思想演练，后者则是手工业劳动。还有一项活动，叫作游戏也许轻佻了，因它带有严肃的意味，或者该称之为"实验"。我们从托尔斯泰自己的生活经历里就能看到，就是回到土地上，做农人的活计，割草、饲养、种地，这又是为什么呢？难道仅仅为了下沉阶级，实现人道主义公平社会？可托尔斯泰并没有出让农庄的所有权，放弃地主的身份，甚至，借小说人物安德烈的口，公然主张君主立宪制。当然，俄罗斯这一时代的作家，多半是民粹主义者，我以为在他们其实有着更加迫切需要解决的困境。《安娜·卡列尼娜》里，我们看到有一个人物仿佛托尔斯泰的变身，就是列文。当列文在莫斯科求婚受挫，准确说他每一次去莫斯科总是受挫，或者是他的哥哥病得要死，却还抵制他的善意，或者他爱的女孩子爱上了别人，或者他申办文件，得不到顺利的批核，反正，总是无功而返。他回到农庄，受伤的心情会得到抚慰，和农民一起劳动，使他感觉踏实。后来，列文得到了他心爱的女人做妻子，生了孩子，短暂的平静之后，抑郁又袭来了。这种心理病症周期性地发作，令他不知所措。他会惊讶他的农人，他们吃得很差，穿得很差，住得更差，儿女成群，吃口一大堆，可是他们却有着快乐的天性，这种快乐有时候也会感染他，当他和他们一起劳动和休憩，能享受到一种平静，他甚至是羡慕他们的。我想，他羡慕他们的是什么？他羡慕的是，在社会还没有分工的时候，人的生活。生产和消费，物质和精神，生计和美学，过程和目的，融为一体。用劳动挣得衣食，挣得衣食，同时实现了人生的价值，获取价值使人自信，自信又给予愉悦，愉悦则带来美的感受。我想列文或者托尔斯泰，他们其实是渴望回到一个混沌的原始状态，但可惜的是回也回不去了，他们都是文明人，只能依靠理性，寻求类似我们中国人天人合一的哲学境界，在现实开辟抽象世界的入径，这就是托尔斯泰们的努力吧。

现在，我们就来谈谈安娜的故事。这故事实在是太著名了，几乎是普及性的阅读。然后又有很多派生的文化产品，电影、舞剧、歌剧、音乐剧。我们可以看到在这些移植的剧目里，表现多是一些具有标志性的情节。比如，列文向吉娣求婚，可是吉娣在等待伏伦斯基的求婚，然后安娜出现了——于是，这一场舞会便关乎许多人的命运，吉娣以为伏伦斯基会邀请她做玛祖卡舞的舞伴，玛祖卡舞是全体男女青年都要成对参加的舞曲，如果一个女孩子没人邀约的话，是很没面子的，尤其是她，吉娣，已经有一个公认的求婚者，她一直在等他，可是一直没有等到，原来伏伦斯基和安娜成了一对。再比如，伏伦斯基赛马，从马背跌落，安娜大惊失色，忘记自己的身份，引起人们的注目。还有，离开丈夫卡列宁，和伏伦斯基出走，偷偷回来看儿子被逐。当然，最触目惊心的一幕，葬身车轮之下。这些都是很典型的场面，当我们想起《安娜·卡列尼娜》，眼前出现的就是它们，它们确实是整部小说中集合了戏剧冲突，同时富有表现力，因此也是被电影电视舞台等直观艺术，更经常采用的段落。

那么我现在想说一些小说里，在我看起来比较重要，但是别的形式也许会忽略，或者说不方便表现的内容。这就是小说的好处了，小说可以表现复杂的含义。方才说的，影视舞台擅长表现外部动态，有许多根据小说改编的电影《安娜·卡列尼娜》，我们举个比较近的例子，苏菲·玛索演的那个"安娜"，我们大家可能都会记得一个辉煌的场景，就是吉娣非常高兴地等待伏伦斯基来求婚，她穿着粉红色的舞裙，双手提着裙裾，穿过一扇扇的门，向镜头飞奔而来，让我想起中国唐代诗人杜牧《过华清宫》"长安回望绣成堆，山顶千门次第开"的句子。语言文字就是这样，它无论怎样描写也做不到直接呈现场景的生动鲜明，它的功能在于提供联想，一旦唤醒共情，气象便无限扩张，洇染漫流，溢出画面。事物外部的活跃性底下，其实还潜藏着同样甚至更剧烈的运动，因为隐蔽常常让我们忽略，让我们来看看那是怎样的一些情节。伏伦斯基和安娜邂逅，热恋，幽会，怀孕，生女，同居，伏伦斯基辞去近卫军职位，双双退出社交圈，一连串的大动作，激情浪漫牺牲奉献都演绎过了，接下来的日子是什么？他们离开彼得堡去欧洲旅行，然后在意大利一个小城，租赁一座别墅，安顿下来。克服重重险阻，有情人终成眷属，安娜享受着两人世界的种种乐趣，伏伦斯基也过得悠闲自在，学习美术同时研究意大利中世纪文化。他们离群索居，彼此的爱情已足够充实生活。在这个偏僻的小地方，也没什么同阶层的社会圈，他们的交游只限于两个人，一个是伏伦斯基在贵胄军官学校的同窗高列尼歇夫，另一个是画家米哈伊洛夫。前者是个自由派，后者呢，其实是个不得志的艺术家，这些结识意味着他们也已经从主流退到边缘。画家米哈伊洛夫给安娜画了一幅肖像，出乎意料的好，非常传神，伏伦斯基都感到惊讶，他以为——"要像我这样了解她，爱她，才能抓住她那最可爱的灵魂的表现"。随即他找到了答案——"但这表情是那么真挚，使他和其他人都觉得他们早就熟悉了。"直截了当地说，就是熟视无睹。译者草婴先生用了"真挚"这个词，我想是有过掂量的。就像之前吉娣第一次见安娜，印象是"十分淳朴"。上流社会的浮华世界里，安娜可说是赤子，明眼人立即将她与环境区别开来，被她吸引了注意。但是，共同生活磨蚀了人的感知能力，也许，还有更残酷的原因，那就是离开背景的衬托，异质性便渐渐湮灭于普遍之中。他们在这个意大利小城，值得记载的大约就是这么一件小事，但是却带有先兆的意思，安娜和伏伦斯基的关系的走向，在此稍露端倪。就这样，平静的生活很快就变得沉闷，他们回国，重新进入彼得堡的社交圈。那些电影、戏剧、舞台的标志性场面出现了，安娜去看歌剧，遭到冷遇，探望儿子，被丈夫赶出。伏伦斯基的境遇却大不相同，他原先的生活似乎回来了，母亲哥嫂照常迎接他，老朋友也是，仿佛什么事情都没发生一样，而且，他又有了新任命的机会。本来亲密无间的他们，此时有了分歧，说不准还会发生什么，于是，他们又一次离开彼得堡这个是非之地，去了乡下，伏伦斯基家的庄园。

　　我们是通过安娜的嫂子陶丽的造访，目睹他们的生活，安娜很快乐地对客人说了一句话，她说："这里简直就像个小宫廷！"好，现在来看看安娜的"小宫廷"里有些什么样的人物。女宾华尔华拉公爵小姐，是安娜的姑妈，一个老小姐，一辈子都在阔亲戚家当食客；男客有维斯洛夫斯基，也就是吉娣的表兄弟，在彼得堡和莫斯科两地的社交圈很出名——这个人物我想多说几句，他的长相和性格，很像《战争与和平》中的彼埃尔，行动笨拙，玩世不恭，貌似时髦，其实天真得很，向女性乱献殷勤，跟着列文打猎，积极性很高，却不懂此中规矩，尽是添乱，但列文很快就喜欢上了他，因为他心地善良，举止文雅，受过好的教养，说一口漂亮的英语和法语——倘若不是《战争与和平》（1863—1869）在先，《安娜·卡列尼娜》（1873—1877）在后，我就会以为他是彼埃尔的雏形，也许托尔斯泰身边真有这样一个人物，他会屡屡出现在小说里，有时候是成熟完整的形象，有时候，只是一个萌芽或者蝉蜕，在这里，他担任的只是歌剧里谐谑的段落；第三位是本县首席贵族史维亚日斯基，可说俄国知识分子的典型代表，思想持自由派民粹主义，骨子里认为农民是低端人群，需要启蒙进化，不齿政府国家，却投身实际事务，主张农业技术化改革推进经济，主张妇女解放，自己的妻子却过着依附的生活，他原本是列文的朋友，其时却在伏伦斯基的田庄督工建造医院；再有一位土施凯维奇先生，他惯在豪门世家做清客，先是培特西公爵夫人的红人，甚至和培特西有一腿，培特西是谁呢？伏伦斯基的堂姐，安娜的闺蜜，得知这两位有情人没有正式结婚，就和安娜疏离来往，他如今投到"小宫廷"门下，陪维斯洛夫斯基划游艇，又陪华尔华拉公爵小姐打网球，伏伦斯基对他的评价是，"他喜欢装成什么样子，你就只能把他当成什么样的人"；上桌吃饭的还有年轻的医生华西里·谢苗诺奇，德国管家和建筑师。如此一众人，似乎都是被放逐的流民，集合在此地，做了"小宫廷"的臣民。

　　看得出来，安娜用心经营着"小宫廷"，富丽堂皇，几乎称得上穷奢极侈，法国墙纸，全套英国装备的育儿室，正餐的晚礼服，连侍女的装束都很摩登的。佣人的下房、养马场、马厩，草地网球场，刺槐和丁香构成的天然篱笆，高耸的红色建筑还在施工中，是一所现代化的大医院，这是伏伦斯基的试验场。可是，陶丽告别小姑子，回列文庄园途中，马车夫却向她抱怨，主人只给了三斗燕麦喂马，"只能当顿点心吃"。这个小小的细节能证明什么呢？阔绰底下其实是拮据？没有待客之道？抠门？也许都是，也许都不是，但这令人扫兴的一节，却仿佛点睛之笔，挑明了造访中所有的不适宜，没有发生什么要紧的事故，就是这里那里的一点点不适宜。后来，和伏伦斯基越过越频繁的龃龉中，安娜气恼地想道："她千辛万苦为自己建立了一个小天地，以度过她的痛苦生活，却被他残酷地摧毁了。"事实上，这个"小天地"本来就十分脆弱。没有合法的婚姻关系，没有同阶层的认同和接纳，没有社会生活——这是最重要也是一切后果的总和，孤立的爱情到底能够存活多久，能不能充实虚空的精神？安娜死后，伏伦斯基志愿去到塞尔维亚参加土耳其战争，像是负气，又像是自罚，或者以牺牲来赎罪，之前的安德烈已经在《战争与和平》里尝试过了，结果并不乐观，联想到托尔斯泰的晚年，精神世界似乎是无限的浩瀚，终其一生也走不到目标地。

这是安娜和伏伦斯基，他们的色彩太过鲜明和响亮，难免掩盖了另一条线索，列文和吉娣。我们都知道列文求婚失败回去农庄的经历，但很可能忽略了吉娣，她如何度过这段难堪的日子，而在这里其实真的发生了一些很重要的事情，是完成托尔斯泰意图不可少的部分。我们没有注意到，吉娣她生了一场大病，请来各路医生，开出各种药方，都不生效。后来采取了一名年轻医生的建议，出国疗养，于是，父亲母亲带着她，去到德国法兰克福。法兰克福周围有很多温泉，他们找了一处疗养地住下了。他们租住的房子、声望、交游，对周围施加影响，很快聚集起一个国际化的上流社会。一位德国公爵夫人，一个也是来自德国的伯爵夫人和战争中负伤的儿子，一个英国贵族家庭，等等，因循族群文化的本能，他们来往最多的依然是俄国人，莫斯科的一对母女和一位上校，一位施塔尔夫人，态度十分倨傲，她的女伴华仑加小姐，是特雷莎嬷嬷类型的人物，没有结婚，青春已大，外形和神情都呈现枯萎的趋向，却不给人世俗的老姑娘的印象，而是带有献身的宗教气质，她不仅照顾自己的雇主，同时慷慨地将服务交给每一个需要帮助的人。稍后还来到一对俄国男女，先生是列文的哥哥尼古拉，从大学开始，便以各种形式挑战现行制度，与自己的阶层决裂，或者苦行，或者堕落，这个没有名分的女人就是后者的证明，其时，尼古拉显然身有沉疴，神情乖戾。吉娣和华仑加很投缘，彼此吸引，做了朋友，她们一起照顾贫病的人，这些受罪的人帮助吉娣转移了注意力，与此相比，她的那点烦恼显得太奢侈了。她们的服务对象里有一个画家的家庭，吉娣和他一家相处得很好，可是有一天，画家的妻子开始拒绝见吉娣，大家包括吉娣自己都心知肚明，那位德国公爵夫人和吉娣说过这样一句话："凡事不宜走极端。"她的父亲，元气旺盛的谢尔巴茨基公爵，体格强健，生性快乐，对任何事物都兴致勃勃，他的在场映衬出她们施行慈悲的那个人类的孱弱，看着让女儿搅乱心意的画家，不禁"啊呀呀"感叹道："可怜的人！"这无疑是给吉娣的热情泼一盆冷水，她的善意并没有带去什么好处，反而让彼此难堪。因为她就是她，年轻、美丽、充满魅力、前途光明，不是华仑加——"她仿佛猛醒过来，觉得要不作假，不说假话，维持她理想的精神境界，那是多么困难哪。"这是很有意味的一节，我想到托尔斯泰同时代人陀思妥耶夫斯基的长篇小说《卡拉马佐夫兄弟》，我不知道同学们有没有看过。卡拉马佐夫是地方上的一个地主，有三个儿子，在不同的境遇里成长，自生自灭，这个家庭第一次团聚是因为财产的诉讼，其时，小儿子阿辽沙在修道院修行，修道院长老佐西马邀请他们全家到他的修道室会晤，也是帮助调节的意思。细节不说了，总之是一场极其失败的聚会，父亲和两个大儿子出尽洋相，诋毁神圣，无视伦理，简直诲淫诲盗，长老无言以对，最后在那无耻的父亲跟前跪下深深叩头，仿佛耶稣基督为世人赎罪。这场事故之后，长老对阿辽沙说，等他被上帝招去，你就离开修道院，阿辽沙不明白为什么，长老说了这样一段话："这里暂时不是你的地方，我祝福你到尘世去修伟大的功行。你还要走很长的历程。你还应该娶妻，应该的。在回到这里以前，你应该经历一切。还要做好多事情。……"也像曹雪芹《红楼梦》，马道婆施法，王熙凤和贾宝玉神智不守，眼看气息微微，百般用医无果，正绝望时候，来了一僧一道，将贾宝玉的玉托在掌上，念了几句，其中一句是"却因锻炼通灵后，便向人间觅是非"，还有一句"沉酣一梦终须醒，冤孽偿清好散场"，僧道将玉还回去，兀自离开，并没有立时带走宝玉，因为"是非"未了，"冤孽"尚需清偿。但是从这里又能见出东西方哲学的分歧，长老让阿辽沙到尘世修行是主张积极行动中洞察人生要义，僧道则是在既定的运数里完成义务，是被动的宿命论。两者有区别，共同的一点是，时机没有成熟，不能拔苗助长，超前到达目标。即便是中国的禅宗六祖慧能"见性成佛"，还要在师傅门下担水扫地许多年的时间呢！后来，吉娣和列文结婚成家，接到列文的哥哥尼古拉病危的信，尼古拉就是温泉疗养地见到的那个人，和娼妓出身的女友同居。吉娣执意要跟列文一起去探望，不顾列文反对。两个姘居的男女，住在肮脏的小旅社，周围都是暧昧的留宿的人，还有死亡，都是不洁的亵渎，都会玷污他的妻子。可是吉娣坦然接受这一切，她与大伯子的女友合力收拾房间，给病人换上干净的衣服被褥，请医生听诊，到药房配药，安排饮食，仿佛眼前的生命不是即将消失，而是有长远的时间，病人在温煦的气氛中送走了，这大约就是长老对阿辽沙说的"还要做好多事情"中的一件吧，吉娣没有一点作假地接近了她"理想的精神境界"，并且还在继续向前，那就是，她怀孕了。

我以为，安排吉娣怀孕的情节，是托尔斯泰企图拯救出虚无的努力，他一直在设计现实中"理想的精神境界"，养儿育女是一条出路，但是对男性们似乎收效甚微。《战争与和平》，彼埃尔度过空虚的日子，从荒唐的婚姻挣扎出来，经过静思和流徙，终于走入合情合理的生活。他爱娜塔莎，娜塔莎简直是上天的恩赐，生产和哺乳让她增添了地母的气质，他爱拥簇在膝下的孩子们，可是，却并不满足。在一个冬至尼古拉节前夜，把妻子儿女留在妻舅家里，独自一人去了彼得堡，说好三个星期，结果延宕到六个星期，这段日子他在做什么呢？我注意到作者特别标明时间，一八二〇年十二月五日，"一八二〇"的年份也许可以忽略不计，"冬至尼古拉节"在俄历意味什么也不了然，但"十二月"这个日子则有着微妙的暗示，我们知道俄国"十二月党人"的历史事件，贵族革命者发动推翻沙皇的武装起义，但是在五年以后的一八二五年。前期准备当是早已开始，十九世纪初，受法国大革命影响，俄国青年就成立"南方协会""北方协会"等革命组织。彼埃尔从小生活在法国，一八〇五年方才来到俄国，不定就是巷战中的一员。从彼得堡回家，和妻舅尼古拉大谈国事，政府的腐败，司法堕落，军队涣散，教育荒废，因此，人人都在等待变革。他透露出他身在某个联盟里面，口号是"不能光谈道德，要独立和行动"。再说列文，将为人父在他只是一个和死亡同样不可思议的谜。吉娣分娩，他十分煎熬，终于母子平安，仿佛失而复得，有那么一瞬间感到无比幸福，可是婴儿却没有给他丝毫快乐的感情，而是"难堪的恐惧"。这种"恐惧"，我想和他向来的对存在的怀疑同出一源，"他唯恐这个娇嫩脆弱的小东西将来吃苦"，可不是吗，他自己正陷入其中呢！新的生命不仅没有缓解他的困顿，反而外化成客体，变成显学。有时候，我会幻想，如果安娜能够顺利离婚，和伏伦斯基成为合法夫妻，她是不是能够安静下来。伏伦斯基的母亲说的"这种不要命的热情"平息了，是不是也会像吉娣或者娜塔莎享受着天伦之乐，可是，原先她和卡列宁不也是一对？有儿子，将来会有女儿，可惜的是，没有爱情，爱情又是什么呢？中国明代汤显祖《牡丹亭》里的一句：问世上情为何物，能以生死相许！生死且是可变通的，杜丽娘不是起死回生了吗？还有三生石指日可待。东方式的乐观主义却解释不了穷究到底的实证主义命题。然而，在托尔斯泰晚于《安娜·卡列尼娜》十二年动笔、长至十年完成的《复活》（1889—1899），结局我们终于看见了一个和谐的家庭场面。

我们都知道聂赫留朵夫这个人物，忏悔之心驱使他陪同玛丝洛娃走上流放的行旅，同时他坚持为她活动减刑，打通无数关节，又无数次碰壁，最后走进西伯利亚首府，拜见地方长官。这是一个具有自由思想的将军，曾经怀着人道主义的热情投身职业生涯，但现实摧毁了青春和理想，于是沉湎酒精，麻痹精神，但依然保持着人之常情，他接受了聂赫留朵夫的请求，并且邀请到府上吃饭。走进将军家，过往的熟悉的生活仿佛回来了，豪华的宴会，美味的吃食，铺排的装潢，将军夫人曾在宫廷做过女官，有着旧式的贵族风度，很照应他。在座的有将军的女儿女婿，副官，一个游历丰富、见多识广的英国人，一个年轻的金矿主，还有个西伯利亚边城的省长，是一个朴素亲切的沙龙。经历过艰苦的生活，荒漠的风景，受罪的肉体，堕落的灵魂，暴力，疾病，垂死，这里的一切格外让他感动，他看见了合乎人道的生活。将军的女儿羞怯地要求他看看她的一对龙凤胎宝宝，育儿室里幽静的灯光下，孩子们熟睡着，女娃娃长长的卷发披散在枕上，甜蜜地张开小嘴，男娃娃则像个西伯利亚人。这才是人应该过的生活，没有伤害，没有屈辱，遵守道德的戒律，同时向周围释放善意。我觉得托尔斯泰让吉娣走出苦行的尝试，给她再一次机会获得列文的求婚然后欣然接受，大概已经萌发了这样的人生观念。而将军女儿为人妻母的幸福，也大概是接续起吉娣的命运。托尔斯泰总是将精神救赎的希望寄托在女性身上，使她们有一种天赋，能有效地将务实和务虚合二为一，是孕育生命给予的责任心，还是身处社会边缘，疏离于宏大历史主流，得以自我养育，自给自足，就像初民，又像进化完全的人类。所以，托尔斯泰有意还是无意，总是让女性来支援男性。《战争与和平》的娜塔莎，给了彼埃尔归宿；《复活》，是玛丝洛娃带聂赫留朵夫走入西伯利亚，踏上自我放逐的苦旅；列文呢，吉娣——在这些女性中间，最天真单纯驯从。娜塔莎和玛丝洛娃都是犯有过错的，曾经误入歧途，而吉娣最是无辜，最无人生阅历和经验，可偏就是她每每救列文出乌有之乡。她虔诚的信仰，是对无神论丈夫惟一的抵抗，她说服尼古拉哥哥接受圣餐，行涂油礼，临终祷告，从容面对死亡；当她在分娩中受苦的时候，列文身不由己地祷告上帝"饶恕我们，救救我们"；在暴风雨的森林中寻找吉娣和孩子，大树横劈下来，又一次地祷告上帝，"千万别砸着他们哪"，看到大人孩子安然无恙，喃喃道："赞美上帝！"，所以，不是吉娣自己，而是借助上帝的力量，帮助列文。彻底的唯物主义同时也是虚无主义者，因为不相信不可解释的力量，什么都要弄个明白，吉娣却允许这力量的存在。安娜却是个异类，她尖锐地分离了物质和精神，互不通融，伏伦斯基的母亲将其归于"不要命的热情"，在吉娣眼睛里，"十分淳朴"之下，有一种"极其残酷的东西"，那就是不惜将任何事物包括自己毁灭的决心。她赴死的一段惊心动魄，不在于发生了什么了不得的变故，而只是出自任性，闹脾气，可这脾气闹大发了，就像一个菌，迅速发酵，发酵，终于酿成大祸。安娜的死有时候让我想起托尔斯泰晚年的离家出走，死在一个车站，他让他的人物最终都与生活和解，惟有安娜，把对抗坚持到底，似乎给自己埋下一个伏笔。爱情、婚姻、养育、繁衍子孙，都没有解决人生到底是什么的问题，生命有限，思想却是无限，如临深渊。托尔斯泰笔下的人物，包括他自己，都热衷于改革农业，解放农奴。他们大多是从政治中心退回到田庄，仿佛田庄是一个社会的缩版，可供实验理想新世界。安德烈是这样，彼埃尔是这样，列文是这样，伏伦斯基也是，聂赫留朵夫还是！说明他们也曾企图从具体着手，向抽象进发，结果又都是差不离。先是受阻于现实的障碍，每一项计划都是牵一发动全身，举步维艰，说实在，他们都是思想的巨人，行动的矮子。行动的困难加剧了思想任务的沉重，越发怀疑存在的合理性，于是，又一次陷入空茫。这一次比上一次陷得更深，所谓爬得高跌得重。总之，每一次努力的结果都是再下一个层级，永远没有个底。

　　让我们回到人世间，谈谈华仑加，即便是这么一个配置性的人物，也有着自己的完整的故事。现在，必须要交代一下列文的长兄柯兹尼雪夫，与他和尼古拉同父异母，一名哲学教授，初上场的时候，正和同仁讨论一个玄学式的问题——"人类活动中，心理现象和生理现象之间有没有界线？如果有，又在哪里？"这貌似无心的一笔，却是列文以终身实践来解决的难题。此时，他旁听激辩，忍不住插嘴问："如果我的肉体死亡了，就不可能有任何存在了吗？"他的问题就像世人关于有没有灵魂的俗念，使得学者们侧目。我也曾向一位生命科学家提出过同样的问题，他正在向我解释唯物主义的诡谲，他肯定了我提问的方式——相信不相信鬼，他说"相信"这个词很好，其实我们存在于两个世界，一个是可感可证实的，另一个则是"信"但不能证实的，用理论化的说法，大约就是"形"和"形而上"。柯兹尼雪夫哥哥在写一本书，最后写完了这本书，他很满足。这难免带有反讽的意味，"形而上"的存在却落实在"形"，文字和书籍，当然，发行量很低，这也有意思，即便化无形为有形，依然被排除在普遍性的理解之外。可以解释为知识的处境，人们生活在知识之中，却看不见它。列文和吉娣婚后的夏季，有一大帮人在他们的庄园避暑，除去吉娣的姐姐陶丽一家，还有柯兹尼雪夫，再有一个无亲戚血缘的客人，就是华仑加。吉娣生出一个念头，撮合柯兹尼雪夫和华仑加，两个单身男女，很明显，他们互有好感，甚至喜欢。女人总是有幻想的，吉娣觉得柯兹尼雪夫随时都会向华仑加求婚，但还是要创造一个机会，去森林采蘑菇，简直就是一出浪漫剧的舞台。结果却让所有人失望，很奇怪，眼看着水到渠成，却在一瞬间失手，好像造化走神了，两人迟疑了一下，于是，千年好事擦肩而过，永不再来。让我们看看采蘑菇的时候到底发生了什么。华仑加和孩子们玩耍，柯兹尼雪夫则专注在心理准备中，首先他说服自己重新爱上并不意味背叛，他爱过的姑娘死去时，他曾立誓永不变心。然后再一一检点华仑加的好处：一，懂事却不妨碍女性的娇媚；二，没有上流社会的习气同时不缺乏优雅；三，信仰上帝并非出于懵懂而是智慧。然后走向华仑加，他们已经走在一起，马上就要说什么了，可是出口却是"蘑菇"，他们讨论起白蘑菇和桦树菇有什么不同。事实上，列文早就知道这个结果，他和吉娣说："他过惯纯粹的精神生活，不会顺从现实生活，可华仑加终究是现实中的人。"可不是吗？千真万确，是华仑加率先说出"蘑菇"，将事情带离了方向。这个插曲式的情节我觉得是个隐喻，隐喻什么？"形"和"形而上"之间的不贯通，贯通的结果就是分裂。两个当事人虽然沮丧，可是又感到如释重负，似乎都明白他们避免了一种命运，像列文和吉娣，像安娜和伏伦斯基，也像之前的彼埃尔和娜塔莎，还像作者托尔斯泰自己。

　　那个形而上的世界最世俗的体现莫过于死亡。伏伦斯基和安娜邂逅的时候，一起死亡事件就发生在他们身边，一个看路工，被火车倒车轧死了。伏伦斯基和安娜的哥哥奥勃朗斯基目睹现场："血肉模糊的尸体"，安娜虽然没有亲眼看见，但是听到的议论可能更残酷：被轧成两段的身子，还有，"这是最好过的死法，一眨眼就完了"。死亡在此以肉身的形态呈现，是物质性的消灭，虽然那伤心欲绝的妻子提醒人们，"家里有一大帮子人全靠他一个人养活"。除此，谁还能想到这具躯壳里寄居着灵魂这样玄虚的东西。直要等情节走到最后，安娜扑到车轮底下，她历历走过的快乐和痛苦扑面而来，那无形的存在或许可有一瞬间变成有形。

伏伦斯基也有过一次自杀的经历，安娜娩下他的孩子，挣扎在产褥热中，他和卡列宁共同守在床前，濒死的人在忏悔，被侵犯的丈夫在宽恕，伏伦斯基呢，自觉得堕落渺小，此时，向自己举枪射击说是自杀不如说是一次决斗，骄傲的伏伦斯基向卑鄙的伏伦斯基要求恢复名誉，他们贵族不都是将荣誉看得比生命更重吗？从某种程度上说，决斗是一种高级博弈，就像赛马，狩猎，还有豪赌，拿命当猎物和赌注。所以我更倾向于将这次未遂死亡归入上流社会的成人游戏，不是说它不够严肃，好的游戏都是严肃的，而是因为它不涉及生命本体论。小说中真正的死亡事件发生在尼古拉·列文身上，如此颓唐厌世的一个人，面临死亡的时候也惊慌失措，甚至恢复了信仰，热烈地祈祷着。这突如其来的虔敬在列文看来，"只是一种渴望痊愈的暂时的自私表现"，可是，连他自己不也在对上帝祈告："要是你真的存在，你就使他复元吧！"明知道无济于事，可除此还能做什么呢？列文自以为能够超然物外，抽象地看世界，这时候也撑不住了。有一阵子，他凝视着弥留中的哥哥的脸，苦苦思索，企图看见面容底下的思想，只看出一个事实——"那对他还是漆黑一团的事对垂死的人却是越来越分明了。"那"漆黑一团的事"就是死亡，没有人从那里回来告诉活着的人他们的经验，所谓天人两隔，无法沟通，那确是"漆黑一团"。《战争与和平》里，在安德烈的理性里，认识到"生"就是"爱"，"死"呢？"而死就是我这个爱的因子回到万物永恒的起源。"但这乐观主义精神到了真实的境地依然抵不住恐惧，临终时候他做了一个梦，梦里有一扇门，门外面就是死神，他称作"非人间的东西"，他奋力抵住门，抵也抵不住，"那个叫人毛骨悚然的东西把门推开"。安娜却是自己撞开门，最后的时刻，她就像一个玩得过火的小孩子，自问道："我这是在哪里？我这是在做什么？为了什么？"在这质问里包含了关于人的所有哲学。我说过，托尔斯泰总是要让他的女主角犯下过错，象征着原罪吗？除了吉娣，严格说，吉娣也有过错，曾有一度她妄想越范做个圣人，犯下过错好比受了洗礼，然后才能有救赎，惟有安娜，不给她救赎的机会，让她走出门外，那里是作者自己也没有明白的终极世界。

　　　　录音整理：陈钦铭、史玥琦、顾迪、张培、张晓旭
　　　　二〇一九年十月十一日讲于浙江大学中文系
　　　　二〇二一年五月二日整理于上海

第八讲："五四遗事"

　　"五四遗事"是张爱玲的小说名，我用它作这一讲的题目。小说发表在一九五七年，她一九五二年离开上海，客居香港三年，一九五五年来到美国，属于她海外创作时期。一个写作人，总是从经历过的日子里寻找材料，虽然生活起了大变化，但思想的脉络还是连贯，甚至从一而终。我们不曾读到张爱玲的美国故事，无论虚构还是非虚构，她中译英，或者直接用英文写作，异域度过的时间也长于母国，但依然是中国叙事。所以，人的个体经验大约在前三十年铸就，之后的只是延续和派生。

　　张爱玲散文《谈音乐》里写到西洋的交响乐，有一句名言："那是浩浩荡荡五四运动一般地冲了来"，显然，"五四运动"是被用于挖苦，而且语气佻达，可见出不屑。《五四遗事》将这立场人格化了，讥诮的态度尤变得鲜明。说的是一位罗先生，杭州中学里做教员，我觉得故事发生于浙地多少有一点意味吧，这是出革命党的地方，反清复明起义，烈士徐锡麟、秋瑾，新文化运动倡导者鲁迅、蔡元培，都是开创风气之先的人物。小说中的罗先生想来也是上的公学，所以在中学教书。他交了一个女朋友，密斯范，这英式称谓，大约来自上海的摩登风气，在那时候，两城相距半天的火车路吧，算得上邻居。密斯范是同事的表妹的同学，远兜近绕，在亲缘范围里的开放社会，一半旧式，一半新式。他们结成四人党，出行游玩，荡舟西湖，吟诗作词，自比"威治威斯""柯列利治"，即华兹华斯和柯勒律治，两者都是居住英国湖畔的浪漫派诗人，为中国左翼诗人热忱欢迎。自然而然，爱情降临了，但依然四人行，从不拆成两对。中国式的自由恋爱总是这样的编队，有名节的考虑，还有安全的考虑，孤男寡女的，难免一时冲动。就这样，天时地利人和，唯独有一项不足，那就是两位先生都已经结婚，张爱玲说："这是当时一般男子的通病。"可不是吗？"五四"的爱情，男方往往在完成包办婚姻，向家庭作出交代，鲁迅不也接受了母亲的礼物，然后开始做新人类。就像贾宝玉，先上科场，取了功名，还报养育之恩，再做和尚去。女子一方却常是自由身，或尚未婚配，或婚配了经激烈抗议又解除，到社会上来的又总是新女性，她们的革命性更强，对爱情的渴望也更热烈。罗先生决定和密斯范结婚，先要回家离婚，家里的那位自然不答应，僵持中两年过去，密斯范那边等不下去了，开始接受媒聘，罗先生这边的形势本来有些松动，可是密斯范的风闻传进耳朵，为摆脱骑虎之势，也为负气，加紧协议离婚，火速娶进一位王小姐，密斯范的婚事却不行了，真就是阴差阳错。有一点像《半生缘》里，曼桢和世钧，但不是那般伤情，因为怪不着谁，只是造化弄人，"回不去"了，就有旷世的悲哀。这里却是谐谑的，滑稽剧里的误会法，所以，就还能够"回去"。

西湖的月影里，罗先生和密斯范再度邂逅，罗先生还是已婚，密斯范还是单身，事情回到原点。时代更自由了，个人的意愿主张也更肯定，这一回的离婚相比上一回，时间拖得久，两年变五年，协议不成，对簿公堂，人情社会变法治社会，成本随之飙升，倾家荡产赢了官司，有情人终成眷属。正常的婚姻其实很平淡，争取时候的激情消失了，余下日复一日。鲁迅的《伤逝》，子君和涓生也脱不了窠臼，即便寄托了新的希望，生活照例旧下去，直到子君离开，涓生的反应竟然是"心地有些轻松，舒展了"，新的生路似乎复又回来。这是启蒙者的失败的爱情，落到芸芸众生，就是"围城"的公式，外面的人要进来，里面的人要出去。罗先生和密斯范却开启一种变通的人生，一对一的日子过不好，加进一个或也许周转得开圆场，现成的人就有，官司打离了的王小姐，既然王小姐接回来了，第一个太太不如也回来？结果是——用朋友取笑的话说："至少你们不用另外找搭子。关起门来就是一桌麻将。"

　　对"五四"的讽意淋漓尽致，可说刻薄，倘若视作"批判"，就是尖锐，一针见血。新文化向来不受张爱玲待见，她的人物也不入新文化的法眼，既不是亟待唤醒的阿Q、闰土、祥林嫂、华老栓们，也绝不是烈士。倒有些像《肥皂》里四铭先生和太太一流，醒是醒着的，而且机敏得很，却极端的功利主义。这就是市井人生，从历史发展看，市民阶层也是进步的标志，相对平均地分配物质和精神的社会资源，但缺乏美学的价值。十八、十九世纪现实主义文学，他们总是担负着受批判的角色，从西方启蒙思想而来的中国新小说，自然不会为他们设一席之地。革命的知识人同样也在检讨"五四"，比如柔石的《二月》，萧涧秋牺牲爱情赈救人间，换来的是更深的罪孽；鲁迅的《在酒楼上》，偶遇同学少年吕纬甫，风华不再，新学出身，却在旧塾教"子曰诗云"，爱的人则逝于贫病和愚昧；《孤独者》魏连殳，素性冷峻中有一双热眼，专对了失意的人，"忧郁慷慨的青年""怀才不遇的奇士"，还有弱小的孩子，他说，"我以为中国的可以希望，只在这一点"，偏偏是他们，最看不起他！从五四洪流中走过来，浪潮平息，沉渣泛起，可说爱之深，痛之切，反省也更深刻，而张爱玲她从来没有相信过新文化，出于她的"末世论"，人生总是走下坡路，或者从美学出发，不喜欢新文化中的左翼倾向，就像她用"五四运动"讥诮交响乐。众所周知，五四是推翻传统，向西方学习的过程。鲁迅是从明治维新之后的日本看见西方的，藤野先生就是解剖学的老师，我们知道，解剖学是西医的课程，他教授的不仅是人体结构的知识，更是实证科学的唯物论精神，很有趣的一节是，他很高兴地对这名外国学生说："我因为听说中国人是很敬重鬼神的，所以很担心，怕你不肯解剖尸体。现在总算放心了，没有这回事。"这是一篇鲁迅难得的感情温煦的文章，却是对一个异国人。那么，让我们看看张爱玲小说里的西人，是怎样的面目。

《沉香屑·第二炉香》，讲故事的爱尔兰女孩克荔门婷，故事中人，移民香港的英国家庭蜜秋儿太太和女儿们，罗杰安白登供职华南大学教授，兼任男生宿舍舍监，从时间、地理以及教职员工一应英国人看，华南大学很可能是香港大学，校长巴克先生，教务主任毛立士教授及太太哆玲妲——带有犹太血统，同事麦菲生夫妇，但看作者为人名选择的汉字看，就有一种戏谑，戏谑底下却是阴郁的气氛。美丽的蜜秋儿小姐和年轻的罗杰安白登先生，在异域邂逅同类，相识相恋，走进婚姻殿堂，称得上天造地就，洞房花烛夜却上演逃走的新娘，天真的女孩不解男女之事，以为受到强暴，惊动之下，校方为考虑风化辞退了罗杰安白登，就在此时，蜜秋儿小姐却忽然开蒙，然而罗杰安白登兴味全无，搞笑的是，放荡的哆玲妲却来色诱，认他做同好。异国的清教徒的欲望故事，全然没有法国杜拉斯《情人》的浪漫，用讲述者克荔门婷的话，"一个脏的故事"，但作者预先断定，"那一定不是猥亵的，而是一个悲哀的故事"。"悲哀"起自何处？殖民者被迁徙的文化，还是在地的原生态？前者是英国式，张爱玲喜欢毛姆的小说，就有可能受影响，后者呢，却有一些五四的意思了。

《桂花蒸·阿小悲秋》里的主人，哥儿达先生，这名字也很发噱，晚清民初的中译名大多这样国粹风，多少有一点辜鸿铭式的嘲弄。我记得二〇〇〇年之际，美国总统克林顿带家人走访亚洲，香港报纸将他女儿名字译作"翠儿喜"，而不是通常的"倩西"，也是前朝遗韵吧。哥儿达先生没有交代来自哪国，皮肤和眼睛的颜色都暗示是白种人无疑，用小说的话，"主人脸上的肉像是没烧熟，红拉拉的带着血丝子"，"非常狡黠的灰色眼睛"。张爱玲描绘异族人的脸，总是促狭的语气，文明人看蛮夷的眼光，爱尔兰人克荔门婷的黄头发，用的是"顽劣"的形容，"烫得不大好，像一担柴似的堆在肩上"；公认美丽的蜜秋儿小姐，蜜褐色皮肤是那么澄净，"静得像死"；溽热的天气里，"蜜秋儿太太的人中上满是汗，像生了一嘴的银白胡子茬儿"；哆玲妲的头发也是"浓得不可收拾"，堆在头顶，底下是"厚重的鼻子"，"小肥下巴向后缩着"；带着文明人看蛮夷的眼光，阿小注意到垃圾桶里哥儿达丢下的鸡蛋壳，完整的，留下一个针眼，蛋黄蛋白全吸走了——"阿小摇摇头，简直是野人呀！"

这个哥儿达先生，不像罗杰安白登教授规矩，而是放荡不羁，生性的缘故，也是上海这城市带坏了他。所谓东方巴黎本来就是浮浪的，居住市井，四周都是不相干的人，缺乏监督，而香港的大学，仿佛从母国整个儿移来的小社会，还要替学生做榜样，就需要谨言慎行。哥儿达不知道在哪一家写字间做事，看起来不像是收入高的职位，因为连女佣人阿小都嫌他悭吝。手头拮据，偏还要结交女人，也正是悭吝，他从不留女人过夜。所以替换得勤，也是不深交的打算，小说写哥儿达对女人的态度："如果太麻烦，那也就犯不着；他一来是美人迟暮，越发需要经济时间与金钱，而且也看开了，所有的女人都差不多。"这个有些岁数的男人，说不定经历过罗杰安白登的难堪遭遇，也曾像罗杰安白登一样豪气冲天地说："可去的地方多着呢。上海，南京，北京，汉口，厦门，新加坡。"这些外邦人，一旦走出国门，仿佛开弓没有回头箭，回不去了，就像巴克校长预先的提醒："上海我劝你不要去，那儿的大学多半是教会主办的，你知道他们对于教授的人选是特别苛刻……"哥儿达倒是在了上海，但肯定不在大学，之前是不是碰过壁，渐渐地，做人的意气便消沉了。主人的卧室在阿小眼睛里，"有点像个上等白俄妓女的妆阁，把中国一些枝枝叶叶衔了来筑成她的一个安乐窝"——彩绸垫子，北京红蓝小地毯，宫灯式的字纸篓，大小红木雕花套几，京剧脸谱，在初起的一点太阳光里，"像纸烟的烟的迷迷的蓝"，华丽的凋敝，令人丧气。张爱玲笔下的西人，都是日薄西山，看不出一点文艺复兴式的新鲜昂扬。《红玫瑰与白玫瑰》，佟振保和王太太去看电影，路遇艾许太太母女，艾许太太身上虽然是考究的花洋纱，因裁剪的缘故，"拖一片挂一片"，像"老叫花子"，女儿呢，照理是年轻有希望的，可是因为未嫁，还因为混杂的血统，更没有归属感，神情紧张不安，变得憔悴了。新加坡归侨的王太太很有经验地判断，这两人属英国中下阶层，所以还不如在上海做上等人。上海是个势利场，又崇洋媚外，心情十分复杂，坊间有个俚俗的称谓，"洋装瘪三"，指的就是艾许太太。殖民地的外国人是没落的表情，混血的下一代且又是另一番境遇，艾许太太的女儿是这样，《沉香屑·第一炉香》里的乔其乔，连自己的中国老子都看不上，凭一张"鬼脸子"，女人堆里混饭吃，这一点快活也被富婆垄断，独门专用。他的同胞妹妹周吉婕说出实情："我们的可能的对象全是些杂种的男孩子。中国人不行，因为我们受的外国式的教育，跟纯粹的中国人搅不来。外国人也不行！这儿的白种人哪一个不是种族观念极深的？这就使他本人肯了，他们的社会也不答应。"话里说的"这儿"指的香港，英国在海外殖民统治，输出大量移民，表面的风光遮盖不住文化孤儿的命运。这就是张爱玲眼睛里的西方，他们非但没有带来进步的前景，反而是加倍的灰暗。《连环套》，这部受傅雷先生批评的小说，别的且不论，我留意的是，里面壅塞着大量的洋人，印度商贾，英国天主教神父修女，也是英国籍的工程师汤姆生，印度人几乎是旧式中国的翻版，神父勾搭女人，修女专会搬舌头传是非，汤姆生简直就是年轻时的哥儿达先生，

"脸面俊秀像个古典风的石像，只是皮色红拉拉的，是个吃牛肉的石像"，到哥儿达的年龄，直接变成红拉拉的血丝子了。他倒是有太太的，但不妨碍私生孩子，只是不能给孩子母亲名义，所以，女人还是不能摆脱旧式命运，求得新生活。

这些出入外国人的小说里，《年青的时候》是微妙的一篇，整个故事倘若看作隐喻，意味就十分深长。潘汝良喜欢在书本的空白处涂鸦，顺手一勾，出来一个侧脸，没有细节，只是线条，显然不是中国人的脸，因为——"鼻子太出来了一点"。有一天发现，他读德语的专修学校里的打字员，俄国姑娘沁西亚·劳甫沙维支正有着这样的侧脸，于是开始少年暗恋。这场渺茫的爱使生活变得明快起来，原先虽没有大的不好，衣食保障，还供得起他读七年制医科，但是在他眼里，父亲，一个酱园店老板——仿佛是张爱玲的市井故事的标配，《金锁记》里曹七巧娘家就是开酱园店的，她在散文《道路以目》写过饭铺门口的南瓜煮锅，味道不怎么样，但气味和颜色却给人"暖老温贫"的感觉，想来，酱园店是成色重一点，积垢深一点，酱园店老板的父亲总是猥琐的，盲目的母爱则可怜兮兮，姐姐们是虚荣轻浮，弟弟妹妹"脏，急赖，不懂事"，而沁西亚，却带来不同的气象。他对她那国度其实也不甚了解，笼统归入西洋，不是代表着进步？所以选择医科大约也是因为这个，其余的认识，就只是来自外国电影明星，香烟广告模特儿俊朗的形象。但是从抽象的勾线进入到具体活生生的人，情况就变化了。沁西亚的妆容和仪态都是粗糙的，母亲是再醮的寡妇，继父在洋行做普通职员，家庭财政窘迫，她不得已要打两份工，最伤脑筋的是婚姻，和《第一炉香》里的周吉婕一样，"在上海，有很少的好俄国人"。好在，也是让人失望的，她已经有了未婚夫，一个俄国下级巡官，在轮廓扁平的中国脸相对比下，有着希腊化的漂亮，但却神情不安，显得浮躁没出息。后来，潘汝良上门探望新人，看到的是病中的沁西亚，枕上的侧脸还在，但下巴和颈项瘦得可怜——疾病，常常降临于张爱玲的人物，这个象喻性的启蒙话题，是不是意味着张爱玲和"五四"的关系？小说的结尾是，"汝良从此不在书头上画小人了。他的书现在总是很干净"。

　　西方在东方中国是这样的面目，那么东方中国去到西方又是如何？张爱玲的小说里的男性人物，常有着留洋的背景，罗列一个清单，依写作时间顺序：

　　《茉莉香片》言子夜；

　　《倾城之恋》范柳原；

　　《金锁记》童世舫；

　　《留情》米先生及前妻；

　　《花凋》章云藩；

　　《红玫瑰与白玫瑰》佟振保；

　　《殷宝滟送花楼会》罗潜之；

　　《相见欢》伍先生和伍太太；

　　再将这些留洋的人做个分类，范柳原和佟振保在国外有过浪漫史的经验，前者的渊源更深些，自己就是法外婚姻的产物，在伦敦长大，小说写，"他年纪轻的时候受了些刺激，渐渐地就往放浪的一条路上走"，没有细述究竟怎样的刺激，从旁参考佟振保的韵事，大约可推出一点实情。草根出身的振保沿着读书的正途去到欧洲，寒苦的留学生涯，终有过几次艳遇。第一次是和巴黎妓女，结果却并不愉快，"他在她身上花了钱，也还做不了她的主人"，是指性方面，还是种族的差异，更可能是后者，他看那烟花女穿衣服，从套头的领口伸出脸，"那是个森冷的，男人的脸，古代的兵士的脸"，不由悚然起来。第二次却是一场正经的恋爱，和中英混血的女孩，却比英国人还要英国人，就有一种"潇洒的漠然"，这形容是典型的"张看"，"潇洒"指的是不在乎，"漠然"也是不在乎，总之是不当真，振保就也不能当真，所以能够抵御住肉体的诱惑，连自己也吃惊"操行"谨严，其中，大约还有将巴黎嫖妓的难堪找补回来，雪耻的心理。总之，无论范柳原不明就里的放浪，还是佟振保情理具备的风流，结果都是要找一个中国女人，老实，天真，善于低头，清朝式的旗袍，尽管有些遗憾，范柳原想象不出白流苏穿了旗袍在森林里跑，佟振保呢，只觉得长身秀立的烟鹂是一味的白，毫无波澜。平心而论，范柳原和白流苏称得上棋逢对手，到底有些博弈的意趣。范柳原与她说"地老天荒"的一席话，几乎有王国维对文明颓圮的虚无感，白流苏只是唯诺着，"我懂得，我懂得"，心里想的是精神恋爱的麻烦，因为听不懂男人的话，可是，精神恋爱却有一个好处，那就是以结婚为终结，肉体关系倒有可能中途停顿。一旦到结婚，"找房子，置家具，雇佣人"，就是她的强项了。所以，她是要陪他将精神恋爱坚持到底的。范柳原以为白流苏是"再天真也没有的一个人"，不知道真是如此，还是一厢情愿。倘若没有香港沦陷大变局，已经退入肉体恋爱的情事不会再回到"精神恋爱"，老天帮她，他们身体力行范柳原的中国古梦，即"死生契阔，与子成说，执子之手，与子偕老"，于是，事态因循"精神恋爱"，入彀婚姻，是白流苏的胜算，也应了范柳原的话："无用的女人是最最厉害的女人。"佟振保的婚姻没有这样的传奇，也是他从罗曼蒂克里提炼出的平常心，但这平常心道行不够，所以反过来打击了他。不知事实均是如此，还是他运气不好，遇到的中国旧式女人竟是无味透顶，最令他想不到的是，性格空洞的妻子居然还有不轨之心，或也是沾染了"五四"的思想解放的风气，即便那情郎只是一个裁缝，毫无情调可言，但也是对传统的背叛不是？无论是"倾城之恋"，还是"白玫瑰"，模式都差不多，范柳原不在婚内调情，而是向着婚外的女人，这里就有个悖论，一方面说明白流苏是名正言顺的妻子，另一方面，"还是有点怅惘"。佟振保则是公开地嫖宿，幼稚——"天真"的代名词，幼稚的妻子突然成熟起来，学会了妇人的唠叨——《金锁记》里的长安，小小年纪也有了这样的做派，凄凄惨惨地对人述说："一家有一家的苦处呀，表嫂，一家有一家的苦处！"就像是坊间女性的共同表情。

　　这就要说到童世舫了。童世舫和米先生可算作一类，都是规矩人，认真做事，认真读书，认真地爱，又被爱伤害。童世舫的激情故事是典型的"五四"，抵死退掉包办的婚姻，和女同学相好，隔空的笔墨官司，父母断了接济，咬牙忍了过来，这边终于解约，那边女同学却移情别恋，这有什么错呢？他们本来追求的就是自由，自由来了，她可以选择他也可以不选择他。米先生的爱的对象也是女同学，是留学外国的女同学，顺利结婚生子成家，但妻子的脾性暴躁，结束以后，留下的记忆只是"一趟趟的吵架"。挫败的摩登婚恋，教训都是妻子还是故国的旧式的好。童世舫拜见未来岳家，真叫人寒心，小说这样写道："卷着云头的花梨炕，冰凉的黄藤心子，柚子的寒香……姨奶奶添了孩子了。这就是他所怀念着的古中国……他的幽娴贞静的中国闺秀是抽鸦片的！"是范柳原说给白流苏听，她听不懂的："有一天，我们的文明整个的毁掉了，什么都完了——烧完了炸完了，坍完了——"范柳原到底是生在国外的人，不懂得古国的文明是不会这么决断地完了的，就像《红楼梦》里说的，"百足之虫，死而不僵"，而是渐序的过程，一点一点颓圮下来。米先生是修成正果了，第二个太太，娘家名敦凤，比他年轻二十三岁，他的"老"便时常被拿来说嘴，为衬托她的后生，还有委屈。米太太家世很好，上海这地方，所谓家世好，也就是经商成功，无奈命运不济，婆家一应子弟全是纨绔，放纵的生活，让她早早就做了寡妇，幸而娘家的亲戚给她牵线，结识米先生，后半生有了依靠，所以将米先生看得很紧。倘若童世舫和长安结成夫妻，不过也是这样吧，大约还不如米先生，米太太没有长安的乖僻，而且精明，到底给他现世安稳，岁月静好。而前面的太太，虽然没什么好处，可是连接着青春和自由，其时，昔日的女同学将离人世，仿佛一个时代在逝去，他都不能从容地告别，偷情似的，要假借托词，又必及时赶回现任太太身边来报到。这一刻的米先生，就有些范柳原"地老天荒"的感触，小说写："对于这世界他的爱不是爱而是疼惜。"可不还有那堵墙吗？范柳原说："如果我们那时候在这墙根下遇见了……"米先生在墙根下遇见的就是米太太，闹了些小别扭，年轻太太惯常的别扭，此时又和好了，踩着落叶回家。这阵子过去，也许米先生就成了《封锁》里的吕宗桢，一手提着公文包，一手托着夫人让买的菠菜包子，和同车女性搭讪，做一场白日春梦。

　　这份留洋的清单上，有两名女性，可归并作第三类。一名是方才说的米先生的前妻，米太太叫作"老太婆"的那个；另一位是《相见欢》里的伍太太。米先生的前妻，如小说写："从前那时候，外国的中国女学生是非常难得的"，需要家庭的财力和开明思想支持，然后方才论及自身的教育学养，可以想见女学生的人才。米先生的机缘一定很受人羡慕，但婚姻总是冷暖自知，如果坚持到白首，棱角磨平，也许会生出些亲情的温馨，年轻总是暴烈和易折的，"一趟趟的吵架"又最能消耗耐心，"然而"——张爱玲写道"然而还是那些年青痛苦，仓皇的岁月，真正触到了他的心"，她的死去，"他一生的大部分也跟着死了"。"五四"时候的激情又有哪一桩能够寿终正寝！萧红萧军，郁达夫王映霞，丁玲，庐隐，包括张爱玲和胡兰成，她虽然不承认自己是"五四"的新人，可生在什么时代并不由她，难免是共命运的。《留情》里米先生的前妻是个才女，《相见欢》的伍太太，要看小说开头时候，和表姐荀太太的寒暄，谈各自的儿女，互相"捉虱子"似的检验头上的白发，张家长李家短的唧哝，你怎么想得到她曾是学贯中西的女学士！成亲不久就随伍先生出国陪读，是婆家不放心儿子，让媳妇照顾同时起看管的作用。她的陪读经历使我想起徐志摩第一个太太张幼仪，张幼仪的侄孙女张邦梅写的《小脚与西服——张幼仪与徐志摩的家变》，有着详尽的记述，并且来自第一手，张幼仪的自述。伍太太却几乎不提国外的遭遇，从极少的一点透露里大致可归纳这么几件事，一是红烧肉的争端，伍先生嫌她烧得不对，很生气，不去想伍太太在家是从不下厨的，但留学生的伙食，"还不是自己做"，这是伍太太对外国生活的一笔带过；第二件是梳头，因她不惯穿洋装，坚持中国风，关于这一项，张爱玲描写得颇为仔细，因衣服是她热爱的——"仿古小折枝织花'摹本缎'短袄，大圆角下摆；不长不短的黑绸绉裥裙，距下缘半尺密密层层镶着几道松花彩蛋色花边，也足有半尺阔……"所以就不能剪发，梳头又是专门的手艺，外国没有老妈子，也得靠自己，"胳膊老这么举着往后别着，疼！"这样辛苦的造型，引来外国人的夸奖，其实是种族的歧视，又让伍先生不高兴；第三是旅行，做太太的应该是能干的，订旅馆，换钱，看地图，点菜，赶火车地铁，她一头忙乱，一头旁观先生对女生的照顾，还要维持甜美的笑容。出国的日子就这一些细节了，总算善始善终。伍先生没有像米先生离婚和再婚，而是去了香港，带了女秘书，儿子都有了，但她还健康地活着。两个女学生都是没有名字的人，遮蔽在人们的视野之外。鲁迅身后，前妻朱氏，因经济问题要处置藏书，学生们赶去阻拦，说大先生的遗产必须保护，朱氏回答说：我也是大先生的遗产，谁来保护我？绍兴历来是出"师爷"的人，男女都有急智，言辞锋利，朱氏也继承了这一传统，话说得一针见血。朱氏是个文盲，即便鲁迅开出婚姻的条件，要她读书也被她拒绝，是在启蒙的死角里的人。以上的两名，是受过高等教育，但同是"遗产"的命运。米先生的前妻尚有些玉碎的意思，伍太太完好是完好，但多少是苟且的，不幸的是她的儿女又在接续她的故事。女儿，倒是有名字，叫作苑梅，出生美国，战后成长，时间上可以纳入"垮掉的一代"，早早恋爱，再双双放弃学业结婚生子，可经济不独立，就妄谈自由民主。于是，丈夫赴美国继续读学位，她做

"留守女士"，寂寞无聊之外，还有情欲的折磨，至于未来，谁也说不准了。

苑梅是可跻身又一类别，就是"后五四"时期，也可说"五四"的子一辈。《茉莉香片》中的代际关系极富戏剧性，聂传庆是一个抑郁的青年，没落的家庭，从上海迁到香港，同时迁来的还有鸦片烟榻，终日躺着父亲和后母，看起来就像《金锁记》里曹七巧跟前的长白，但不是长白的会逢迎，他沉着脸，时刻提防出错，他总是出错，连自己的出生都是个大错。诗人顾城的名句"黑夜给了我黑色的眼睛，我却用它寻找光明"，说的仿佛就是他。他寻找到的光明是同学的父亲，也是中国文学史课的教授言子夜——这个名字极具启蒙的意蕴，而他果然是从新青年走过来的。极小的年纪，聂传庆曾经从母亲的遗物，旧杂志《早潮》封面上辨识出一行字，"碧落女士清玩。言子夜赠"，那一摞《早潮》，也是典型的新文化，搬迁的混乱中遗失了，但这题签却被他牢牢记住，并且自以为是母亲和言子夜的孩子。母亲冯碧落和言子夜确有过一段过往，因对方出身清寒，门第不匹配，事实上，倘若一边果决些，另一边又服得软，说不定就成了，可惜都不是这样的性格，言子夜一气之下去国求学，不料如何山回路转，这两家在香港碰头，却已经物是人非。聂传庆对言子夜，颇像一场单恋，他的女儿，同学言丹珠，则成了他的情敌，她的美丽活泼开朗，都是从他这里掠夺的，对他的热情更像是一种嘲弄，可不是，人人都不待见他，偏偏是她来示好！言子夜浑然不觉，只当他学生，而且是不喜欢的那一种，在课堂上当众奚落，叱责，尤其是，"传庆听他这口气与自己的父亲如出一辙，忍不住哭了"。这一哭，心里很复杂，除了难过，还有些撒娇，不是自己的生身父亲吗？也许会换来恻隐之心，想不到这位理想的父亲竟发怒了："中国的青年都像了你，中国早亡了！"这一回，他连中国的青年都做不成，不要说言子夜的儿子了，简直是弑子一幕。《殷宝滟送花楼会》里，代际单纯表现为师生，却增添了男女情爱，女学生殷宝滟——小说名字借用明话本的格式，比如《卖油郎独占花魁》，大约是暗示"新瓶装旧酒"的意思，殷宝滟爱的这位罗潜之先生，美国读书，游学欧洲，所以对法文、意大利文都有研究，课余翻译西方音乐史，教的是莎士比亚，最钟情《罗密欧与朱丽叶》，带着狂喜地说道："朱丽叶十四岁。为什么十四岁？"十四岁是未成年少女，似乎有"洛丽塔"的嗜好。这位浪漫的先生，其实过着一种平庸的日子，住的是弄堂房子，"半截的后门上撑出一双黄红油纸伞"，和《桂花蒸·阿小悲秋》哥儿达先生的房子是同一款的，阴湿的天气里，室内也穿着西装大衣。孩子在地上吵闹，太太呢，总是在跟前忙碌，殷宝滟时不时地孝敬，多少有点买通的用意，消除了戒心，渐渐让出两个人的空间。罗先生称女学生女儿、王后、坟墓上的紫罗兰、安慰、童年回忆里的母亲——却不妨碍和太太再孕育孩子，夫妻的义务同时也不妨碍吵架和殴打——这样的时候，殷宝滟就成了调解的老娘舅，现在，不止是罗太太忙碌，殷宝滟也一起忙进忙出，仿佛一妻一妾。女性独立原来是这样的，就是放弃权利，只尽义务。这段恋情结束于罗先生得了肺病，不久将会死去。

　　肺病几乎是二十世纪上半叶的时代病，鲁迅《药》里面，华小栓就是肺病，人血馒头也没有治好他。鲁迅弃医从文，就是为拯救民族的愚顽，所以，在这里，肺病和血馒头都是象喻，针对着启蒙的无望，抑或微薄的希望——那烈士坟头上的一圈红白的花环。张爱玲的疾病就只是疾病，她没有潜在的用意，前面说过，她的人物不在启蒙的话语里。可是，有些事物，即便是具体的处境，也会从自身释放指涉。这一个罗先生，倘若在"五四"式的文本中，多是科学民主的倡导人，承担起历史的使命，此时此地，只是疾病的牺牲，连自己都救不了，谈何救世人，多少是有讽刺的，而《花凋》里的川嫦，却连这点讽刺的价值都不能尽到，是无辜的牺牲者。

川嫦的家庭，怎么说，张爱玲笔下常有这样的家庭，不是穷，也不是分裂，或也并非不伦，就是糟践。方才说的罗先生的家是这样，《五四遗事》里，最后促成的男女是这样，《桂花蒸·阿小悲秋》哥儿达的单身的家是这样，不知是自带来，还是到中国濡染的风气——《花凋》里，著名的促狭有一句话，"有钱的时候在外面生孩子，没钱的时候在家里生孩子"，兄弟姐妹关系其实是弱肉强食的小社会，川嫦就是食物链的最薄弱的一环，上面是强悍的姐姐们，底下的弟弟则占了男丁的优先，衣服穿旧的，读书呢，家里经济的用项太多，父亲的鸦片，呼奴使婢，新的时髦，比如留声机和流行唱片……始终轮不到她的学费。上海坊间有一句俗话，女儿出嫁好比第二次投胎，到底等到这一天，大姐夫介绍同学给小姨子做了朋友。这位同学名叫章云藩，维也纳留学回来，总也是要找一位故国的妻子，像童世舫一样，两人的背景也相像，都是德奥系统。章云藩家里有些底子，人也长得干净，还有，很少说话，就是安静的，总之，和她们家很不一样，他却也没有明显的嫌弃，说明是尊重她的。眼看命运就要翻盘，换了人间，可世事难料，就在这节骨眼上，川嫦患了肺疾。章云藩为川嫦诊病，小说写道，"当然他脸上毫无表情，只有耶教徒式的愉悦——一般医生的典型临床态度"，半年过去，还不见好，章云藩对她说："我总是等你的。"在一个不爱说话人，算得上惊天盟誓。但盟誓抵不过现实，实证科学出身的章云藩，就更重现实一些吧！两年之后，还是另找了未婚妻。人血馒头不是张爱玲的菜，上海是科学昌明的现代城市，但还是救不了川嫦，我想张爱玲不会是要讨论医学发展的问题，依一贯的"张看"，大约还是在说命运，生在末世，一切都在走下坡路。但具体到人和事，终究还是在五四的样式。小说起头在给川嫦修墓，大理石的天使来自西方，但张爱玲却把它描写得很瘆人："在石头的缝里，翻飞着白石的头发，白石的裙褶子，露出一身健壮的肉，乳白的肉冻子，冰凉的。"好像里面藏着一个哥儿达。我相信张爱玲对"五四"的成见是真实的，可是她又不能跳脱，上一个时代已经腐烂，就像川嫦的家，曹七巧的家，聂传庆、殷宝滟、潘汝良未老先衰，刚出生便凋零；下一个时代呢，用她好朋友苏青的话，"寄人篱下"。总之，这就是她的时代，狂飙扫荡过后，遍地残垣，倒不是愚顽到用烈士鲜血浸染的馒头，当作治痨病的药，市民的社会是要进步一些些的，川嫦的病是由维也纳留学的博士来诊治，用的也是西医的方法，可是依然救不了她。张爱玲另有两篇小说透露出上海这地方后启蒙的景象，《鸿鸾禧》和《创世纪》。前者写的中产人家的婆亲，家公在美国得过学位，回来后供职银行，昔日的留洋经历余下一些琐细，比如看旧的《老爷》，大约是一本美国杂志，因里面有美国人汽车威士忌的广告；比如对旧式太太的嫌弃；新人同房的次日清晨，"用最潇洒，最科学的新派爸爸的口吻问道：'结了婚觉得怎么样？还喜欢么？'"倘若不是有洋务作背景，不免就有猥亵的意思了。后者《创世纪》，名字起得宏大，史诗的场面，事实上是一段寻常不过的儿女情事，匡潆珠出身讲究洋务的世家，并没有交代具体的来历，只有少许透露，比如祖父用的"李士德宁"牌子的牙膏，"虽然一齐都刷到镜子上去了"，马桶圈上的漆也剥落了，浴缸边搁着半盆清水，大概是为战时经常性的停水而准备，即便是外国牙膏也挡不住颓败啊！大小姐只得到犹太人的药房做营业员，浴室邂逅了开灯泡厂的毛耀球，本来就不登对，那毛先生却还是有女人的，越发不上台面。就这样，张爱玲的"五四"只能是在"遗事"里面了。

二〇一九年十月十五日讲于浙江大学中文系
二〇二一年六月二十日整理于上海